[illegible]

KJB

Als *Liz Kessler* im Alter von neun Jahren ihr erstes Gedicht veröffentlichte, hatte sie sich nicht träumen lassen, dass sie einmal eine der erfolgreichsten Autorinnen der Welt werden würde. Ihre Kinderbücher über das Meermädchen ›Emily Windsnap‹ und die Feenfreundin ›Philippa‹ sind internationale Bestseller und haben sich weit über sechs Millionen Mal verkauft.

Alle Bände der Emily-Serie:
Emily Windsnap – Das Geheimnis (Band 1)
Emily Windsnap – Das Abenteuer (Band 2)
Emily Windsnap – Die Entdeckung (Band 3)
Emily Windsnap – Die Rückkehr (Band 4, ab Herbst 2018)
Emily Windsnap – Die Reise (Band 5, ab Herbst 2018)
Emily Windsnap – Die Bestimmung (Band 6)

Weitere Informationen zum Kinder- und Jugendbuchprogramm der S. Fischer Verlage finden sich auf
www.fischerverlage.de

Liz Kessler

Emily Windsnap

Das Abenteuer

Aus dem Englischen
von Eva Riekert

KJB

Dieser Titel ist auch als Hörbuch
im Handel erhältlich.

FSC
www.fsc.org
MIX
Papier aus verantwortungsvollen Quellen
FSC® C083411

Durchgesehene Neuausgabe
Erschienen bei FISCHER KJB

Die Originalausgabe erschien 2004 unter dem Titel
›Emily Windsnap and the Monster from the Deep‹ bei Orion Children's Books,
a division of the Orion Publishing Group Ltd., London

Auf Deutsch zuerst erschienen 2005 unter dem Titel ›Emilys Abenteuer‹
Umschlaggestaltung: Zero Werbeagentur, München
Satz: Pinkuin Satz und Datentechnik, Berlin
Druck und Bindung: CPI books GmbH, Leck
Printed in Germany
ISBN 978-3-596-85688-6

Für Hannah, Barney, Katie
Und für Mum

Unter dem Donner der rauen See,
Tief in den Schlünden des Meeres,
Schläft ungestört seinen uralten Schlaf
Traumlos der Krake …

aus: Der Krake
von Alfred Lord Tennyson

1

Schließt die Augen.
Denkt an den schönsten Ort, den ihr euch vorstellen könnt.
Seht ihr goldene Sandstrände? Ein atemberaubend klares, blaues Meer? Einen makellosen Himmel? Lasst die Augen noch zu.
Jetzt stellt euch das Bild noch hundertmal so schön vor, dann könnt ihr euch halbwegs ausmalen, wie mein neues Zuhause war. Der feinste glitzernde Sand, Palmen, die sich träge schaukelnd von den Stränden in den Himmel hoben, hohe Felsentore vor den Buchten, ein Meer, das wie Kristall im Sonnenlicht funkelte. All das verdankten wir Neptun.
Er hatte mich mit meiner Mutter und meinem Vater hierhergeschickt, damit wir ein neues Leben anfangen könnten. An einen Ort, wo wir zusammenleben könnten. Einen Ort, an dem mein Geheimnis sicher wäre.
Einer von Neptuns Wachen, Archibald, begleitete uns hierher. Er ist ein Meermann. Er schwamm neben unserem kleinen Segelboot im Wasser, zog sein langes schwarzes Haar hinter sich her, tauchte ab und zu unter und

schnalzte dann mit seinem Fischschwanz in der Luft, der silbrig und grell aufleuchtete wie ein Dolch.

Langsam glitten wir in eine hufeisenförmige Bucht, die mit schimmerndem türkisfarbenem Wasser gefüllt war. Weiche Schaumkronen streichelten sanft den weißen Sand. Ein paar Boote lagen in der Bucht verstreut, still und halb versunken ragten sie aus dem Wasser. Einige waren moderne Yachten, andere waren herrliche Boote aus Holz, die wie alte Piratenschiffe aussahen.

Am Ende der Bucht stieg ein hoher Bogen aus Felsgestein auf. Dahinter erstreckten sich Strand und Meer um eine Landzunge herum. Ich blieb staunend stehen und holte tief Luft.

»Spuckt mal in die Flossen da oben«, rief Archibald herauf. »Ich könnte hier etwas Hilfe gebrauchen.«

Ich beugte mich hinaus und half ihm, das Boot an einen hölzernen Anleger zu ziehen, während Dad hintenherum schwamm und die Taue an einer Boje befestigte. Mum und Millie waren noch unter Deck. Millie ist Mums Freundin aus Brightport. Sie hat dort als Wahrsagerin am Pier gearbeitet. Vor unserer Abreise hatte sie für Archibald einmal Tarotkarten gelegt, was ihm so gefallen hatte, dass er sie einlud, mit uns zu kommen. Die Entscheidung wollte sie allerdings den Karten überlassen. Sie legte das Blatt sternförmig aus, saß ungefähr zehn Minuten lang stumm davor und nickte dann bedächtig.

»Also, es ist ganz eindeutig, was ich zu tun habe. Kommt gar nicht in Frage, dass ich die zehn Kelche einfach unbeachtet lasse«, sagte sie geheimnisvoll, dann warf sie sich ihren schwarzen Umhang um und ging nach Hause, um zu packen. Sie macht aus allem ein Geheimnis, unsere Millie. Ich habe mir angewöhnt zu nicken und so zu tun, als ob ich verstehe, was sie meint.

Archibald schwamm längsseits. »Da wären wir also«, sagte er. »Die Nordbucht der Rundum-Insel.«

»Warum heißt sie Rundum-Insel?«, fragte ich.

»Weil sie mitten in dem Dreieck liegt.« Er streckte einen Arm aus und drehte sich langsam im Kreis. »Im Mittelpunkt der drei Ecken.«

Das Bermudadreieck. Ich fröstelte. Er hatte uns auf der Reise hierher davon erzählt, von den Schiffen und Flugzeugen, die auf geheimnisvolle Weise darin verschwunden waren. Man war auf einen Ozeanriesen gestoßen, der zwar ganz intakt, aber völlig verlassen gewesen war. Zwanzig Tische waren dort fürs Abendessen gedeckt. Ein anderes Schiff war mit lauter Skeletten an Deck und zerfetzten Segeln gefunden worden. Andere Schiffe blieben einfach spurlos verschwunden, oft nach verzweifelten SOS-Rufen der Kapitäne oder Fischer, die nie wiederaufgetaucht waren.

Zuerst wusste ich nicht, ob ich den Geschichten glauben sollte, aber auf hoher See war etwas geschehen. Wir waren ganz normal vor uns hin gesegelt, bei leichter Dünung, und das Boot pflügte mit sanftem Schaukeln durch die Wellenberge und -täler. Dann trat plötzlich eine Veränderung ein. Das Wasser wurde glatt wie eine Glasscheibe. Der Motor erstarb und alles andere auch. Sogar meine Uhr blieb stehen. Es war, als sei die See eingefroren und die Zeit selbst stehengeblieben.

Dann band Archibald sich das Haar mit einer Schnur zu einem Pferdeschwanz zusammen und verschwand unter Wasser. Ein paar Minuten später setzten wir uns wieder in Bewegung und glitten still über das glasige Wasser.

»Das war es«, sagte er, »wir sind im Bermudadreieck. Es schützt euch jetzt vor der Außenwelt. Keiner findet hindurch außer ein paar auserwählten Meerleuten.« Er warf ein Tau aufs Deck. »Na ja, ein paar auserwählten Meerleuten und … nein, davon erzähl ich euch lieber nichts.«

»Wovon? Sag schon!«

In dem Moment tauchte Dad auf. »Ich hoffe doch, du stopfst meiner Tochter nicht wieder den Kopf mit deinen albernen Geschichten voll, Archie«, sagte er warnend. »Sie hat auch so schon genug schlimme Träume.«

Archie senkte die Stimme. »Sieh dich einfach vor«, sagte er. »Die glasige Fläche markiert das Dreieck, aber so glatt ist das Wasser nur an der Oberfläche. Darunter jedoch ist es ein wilder Strudel, der in die tiefsten Tiefen des Ozeans

führt. Und in so einem Abgrund möchtest du doch wohl nicht verschwinden!«
Ich rubbelte mir die Arme, weil ich eine Gänsehaut bekommen hatte.

Danach ging es ganz ruhig weiter. Wir glitten durch Wasser, das mit jedem Augenblick klarer und durchsichtiger wurde, von tiefem Marineblau zu hellem Babyblau.
Allmählich kam die Insel in Sicht. Sie war ziemlich klein, hatte vielleicht nur einen Durchmesser von ein paar Kilometern. An einem Ende war ein hohes Kliff, am anderen ein paar niedrigere Hügel, dazwischen lag eine lange, flache Ebene. Als wir uns näherten, konnte ich erkennen, dass die Küste aus langgestreckten weißen Buchten bestand, die von hohen Palmen, Felsgruppen und -bogen gesäumt waren. Es sah wie auf einer Postkarte aus. Ich hatte immer geglaubt, dass diese Fotos nicht echt waren und dass man, wenn man dort hinkam, plötzlich vor einer Ansammlung von Hotelburgen und Baustellen stehen würde.
Aber das hier war echt. Und es war mein neues Zuhause.

»Wo ist Dad?« Meine Mutter kam zu mir aufs Deck, strich sich den Rock glatt und bückte sich, um sich im Metall der Reling zu betrachten.

Ich deutete nach vorne. »Er hilft Archie.«

Mum sah sich langsam in der Bucht um. »Ich glaube, ich bin gestorben und im Paradies gelandet«, murmelte sie und hielt sich an der Reling fest. »Jemand sollte mich mal kneifen.«

»Mach ich gerne!« Dad streckte mit verschmitztem Blick den Kopf aus dem Wasser und strich sich die nassen Haarsträhnen aus dem Gesicht. Mum lächelte ihm zu.

Eine Sekunde später wurde die Luke zum Unterdeck aufgestoßen, und Millie kletterte heraus. »Eins muss ich euch sagen«, sagte sie und rieb sich den dicken Bauch. »Diese Ulmenrinden-Tinktur hilft prima gegen Seekrankheit.« Sie rülpste etwas hinter vorgehaltener Hand. »Vor allem, wenn man mit einem Schlückchen Brandy nachspült. Sagt mal, wo sind wir hier eigentlich?« Blinzelnd sah sie in die Sonne. »Das ist es!«, sagte sie und deutete auf ein hölzernes Schiff, das schräg in der Bucht lag. Es hatte drei hohe Masten, eine glänzend polierte Holzreling, und seitlich war der Name aufgemalt: *Fortuna*.

»Das ist was?«, fragte ich.

»Euer neues Zuhause. Hat Archie mir erzählt.«

Ich sah Mum an. »Was stimmt nicht mit der *King*?« So heißt unser eigenes Boot. Ich habe mein ganzes Leben lang mit Mum darauf gelebt.

Während Millie sich an mir vorbeidrängte, zwickte sie mich in die Wange. »Du weißt doch, dass dein Vater nicht auf einem normalen Schiff mit euch leben kann. Keine Sorge. Ich pass für euch auf die *King* auf.«

Dad kam längsseits geschwommen und starrte zu der *Fortuna* hinüber. »Allmächtige Flossen! Bisschen was anderes als der Ort, wo ich die letzten zwölf Jahre verbracht habe«, sagte er, streckte die Hand aus und half Mum vom Deck.

Mein Vater hatte im Gefängnis gesessen, ehe wir hierherkamen. Er ist allerdings kein Verbrecher oder so was. Na ja, das Gesetz hat er schon gebrochen, aber es war eben ein blödes Gesetz. Er hat eine Menschenfrau geheiratet, meine Mum nämlich. Und er selbst ist ein Meermann. Bisschen schwierige Verbindung, wo sie nicht schwimmen und er nicht an Land gehen kann, aber irgendwie kriegen sie es hin. Sie konnte früher ganz toll schwimmen, bis man sie durch Hypnose dazu brachte, sich vor dem Wasser zu fürchten. Das hat Neptun gemacht, um sie voneinander zu trennen. Ein bisschen ängstlich ist sie immer noch, aber Dad hat gesagt, er bringt es ihr wieder bei.

Mum raffte ihren Rock hoch und trat auf den Steg, der bis zu dem Schiff führte und auf dem Wasser hüpfte und schaukelte, als wir hinübergingen.

Ich kletterte an Bord unseres neuen Zuhauses. Das Schiff war riesig! Mindestens zwanzig Meter lang, mit schimmernden braunen Holzdecks und rotbraunen Segeln, die zu drei säuberlichen Bündeln aufgerollt waren. Leicht zur

Seite geneigt, lag es ganz still da, im Sand festgefahren, und sah aus, als hätte es nur auf uns gewartet.

Ich stieg durch die Luke in der Mitte des Decks nach unten und landete in einer Küche, von der nach vorne und hinten Treppen weiterführten. Ich nahm zuerst die nach hinten. Sie führte in eine kleine Kajüte mit einer Koje, einem Sitzkissen und einem Schrank aus poliertem Holz. Aus den Bullaugen zu beiden Seiten fielen tanzende Lichtkreise auf das Bett. Ganz klar, mein Zimmer!

Ich lief hinüber auf die andere Seite. Mum drehte sich in einem großen, offenen Wohnzimmer im Kreis. In einer Ecke stand ein gemütliches Sofa, davor ein Tisch.

»Was sollen wir nur mit so viel Platz?«, sagte sie staunend. Durch zahlreiche Deckenluken strömten goldene Sonnenstrahlen herein. An einem Ende führte eine Tür in ein weiteres Zimmer.

»Was ist mit Dad?«, fragte ich. »Wie soll er hier wohnen?«

Ehe sie antworten konnte, klappte eine Bodenluke auf, und er tauchte unter uns auf. Jetzt erst merkte ich, dass überall Bodenluken eingelassen waren, die aus jedem Zimmer in ein Unterdeck führten. Das Schiff lag so tief im Grund, dass sich ein ganzes Deck unter Wasser befand, in dem man herumschwimmen konnte.

»Willst du den Rest deines neuen Zuhauses sehen?«, fragte Dad mit leuchtendem Blick.

Ich ließ mich langsam durch die Luke zu ihm hinunter.

Fast gleichzeitig fingen meine Beine an zu kribbeln. Dann wurden sie gefühllos. Schließlich waren sie ganz verschwunden.

Mein Fischschwanz war wieder da.

Das passiert immer, wenn ich ins Wasser gehe. Manchmal bin ich ein Meermädchen, manchmal ein Menschenmädchen. So ist das, wenn eine Menschenfrau und ein Meermann ein Kind haben.

Das hatte ich erst einige Zeit zuvor entdeckt, als wir mit der Schule schwimmen waren. Beim Gedanken an jenes erste Mal lief mir immer noch ein Schauer über den Rücken. Beim Gedanken an meine alte Schule in Brightport wurde mir sogar immer noch schlecht. Ich war gar nicht gerne hingegangen. Der Unterricht selbst machte mir nichts aus, aber ein paar meiner Mitschüler. Eine ganz besonders: Mandy Rushton. Allein beim Gedanken an sie bekam ich eine Gänsehaut. Dauernd hatte sie mich gehänselt und mir vor den anderen in der Klasse Schimpfwörter an den Kopf geworfen oder mir ein Bein gestellt oder mir meine Freundinnen weggeschnappt und sie gegen mich aufgehetzt. Nachts hatte ich Albträume, in denen ich sah, wie sie mich in einem riesigen Aquarium anstarrte und mich *Monster* nannte. Schweißgebadet war ich immer aufgewacht, und am nächsten Tag musste ich dann wieder die echte Mandy ertragen.

Wenigstens hatte ich mich zum Schluss rächen können, als ich mich im Schwimmbecken in ein Meermädchen verwandelt hatte, direkt vor ihren Augen. Es hatte die ganzen Quälereien wettgemacht, an diesem Tag ihr fassungsloses Gesicht zu sehen.

Nein, nicht wirklich. Das Einzige, was die Quälereien wiedergutmachte, war die Gewissheit, dass ich sie nie, nie mehr wiedersehen müsste.

Quälgeister wie Mandy Rushton gehörten der Vergangenheit an.

»Bisschen größer als die *King*, was?«, sagte Dad, während ich mich zu ihm hinunterließ. Er nahm mich bei der Hand, und wir schwammen gemeinsam in dem Unterdeck herum. »Sieh mal!« Er zog mich durch eine bogenförmige Öffnung in der Mitte und durch rötliche Seeanemonen, die wie Girlanden von der Decke baumelten und wie federartige Farne aussahen. Sie schwangen sanft mit der Bewegung des Wassers. Dad drückte meine Hand.

Ein paar rot-weiße Fische kamen durch ein offenes Bullauge hereingeschwommen, verharrten und nagten ein bisschen an der Schiffswand, dann glitten sie durch die Girlanden. Einer kam angeschwommen und blieb reglos neben Dads Fischschwanz stehen. »Glasaugen-Schnapper«, sagte ich, während Dad ihn verscheuchte. Er lä-

chelte. Auf der Reise hierher hatte er mir die Namen aller möglichen Fischarten beigebracht.
Ich schwamm zur Bodenluke zurück und zog mich hoch.
»Mum, das ist einfach irre!«, sagte ich und sah zu, wie mein Fischschwanz sich wieder in Beine zurückverwandelte. Mum machte große Augen. Sie hatte sich wohl immer noch nicht daran gewöhnt. Sie hatte es erst ein paarmal miterlebt.
Dann kam Dad dazu, und Mum drehte sich nach ihm um. Sie setzte sich in die Luke, ließ die Beine hinunterbaumeln und starrte ihn an. Er richtete sich bis zu ihrem Schoß auf und ergriff ihre Hände. Sie schien gar nicht zu merken, dass der Saum ihres Rockes klatschnass wurde. Lächelte nur dämlich zu ihm hinunter, während er ebenfalls dämlich zu ihr hochlächelte.
Mir wurde bewusst, dass ich alle beide dämlich anlächelte.
Tja, die meisten Leute müssen schließlich auch nicht warten, bis sie zwölf Jahre alt sind, ehe sie ihre Eltern zusammen erleben. Ich hätte nie erwartet, dass es mir so ein warmes Gefühl, so ein Gefühl der Vollständigkeit geben würde.
Ich beschloss, sie sich selbst zu überlassen. Sie würden gar nicht merken, wenn ich loszog, um die Gegend zu erkunden. Sie hatten sowieso fast gar nichts wahrgenommen außer einander, seit wir hierher aufgebrochen waren! Nicht, dass mir das was ausmachte. Immerhin wäre

ich fast selbst eingesperrt worden, als ich versuchte, sie wieder zusammenzubringen. Wahrscheinlich hatten sie nichts dagegen, eine Weile allein zu sein.
»Ich geh ein bisschen raus«, rief ich. »Will mich nur mal umsehen.«
»In Ordnung, Liebling«, rief Mum verträumt.
»Pass schön auf«, sagte Dad.
Ich musste beinahe lachen, als ich aus dem Schiff kletterte und einen Blick auf das türkisfarbene Wasser und den weißen Sand warf. Aufpassen? Auf was denn? Was konnte mir hier schon passieren?

Eine Weile ging ich am Strand entlang und betrachtete das Sonnenlicht, wie es zwischen den Schiffen auf dem Wasser blitzte und tanzte. Der Sand war so weiß! Daheim oder besser dort, wo ich einmal zu Hause war, in Brightport, hatte der Sand für gewöhnlich einen schmutzigen Beigeton. Der Sand hier war fein wie Mehl. Meine Füße versanken darin, als ich darüberlief. Ich konnte den Boden darunter kaum spüren. In der sanften Brise fühlte sich die Hitze der Sonne auf meiner Haut wie der Luftstrom eines Föhns an.
Als ich ins Meer watete, konnte ich nicht anders, ich musste mich umsehen, ob auch niemand in der Nähe war.

Aus alter Gewohnheit. Ich hatte mich noch nicht an den Gedanken gewöhnt, dass ich als Meermädchen hier ja gar keine Missgeburt war – auf dieser verborgenen Insel, wo Meerleute und Menschen zusammenlebten. Der einzige Ort dieser Art auf der ganzen Welt, geschützt durch die Magie des Bermudadreiecks.

Hinter mir auf der Steilküste sah ich ein paar Leute. Sie standen vor einer Siedlung mit weißen Häusern. Einen Augenblick lang erwog ich, den Hang zu ihnen hinaufzuklettern. Dann blickte ich aufs Meer hinaus und sah Gesichter – und dann Schwanzflossen. Meerleute! Die musste ich kennenlernen.

Während meine Beine sich wieder in den Fischschwanz verwandelten, überlegte ich, ob es wohl auf der Insel noch andere wie mich gab: halb Mensch, halb Meermädchen. Das wäre ja sooo cool! Aber wie auch immer, wenigstens konnte ich hier mit meiner Mutter und meinem Vater leben, ohne dass wir verbergen mussten, was wir waren.

Schwärme kleiner Fische begleiteten mich zu der Gruppe hinaus und umkreisten mich eifrig. Sie hatten schlanke schwarze Körper und durchsichtige Flossen und führten mich durch das warme Wasser, wobei sie ab und zu langsamer wurden, als wollten sie sichergehen, dass ich mithalten könnte. Wellige Linien kräuselten sich über den Meeresboden wie Reifenspuren. Ein Schwarm Makrelen schwamm in Reih und Glied an mir vorbei. Jede von ihnen warf einen Schatten auf den Sand darunter, so dass die ganze Bande doppelt so groß wirkte.

Ich drehte mich auf den Rücken und schnalzte immer mal wieder mit der Schwanzflosse, um mich träge fortzubewegen, bis mir wieder einfiel, dass ich ja nach den Meerleuten hatte sehen wollen.

Ich hielt an und sah mich um. Die Insel war ein winziger Fleck in der Ferne, meilenweit weg. Wie lange war ich denn schon geschwommen?

Die Meerleute waren weitergezogen. Ich erschauderte, als ich feststellte, dass ich über ein paar schwarze Felsen schwamm: harte, graue, zerklüftete Felsbrocken, aus deren Spalten und Ritzen Pflanzen wuchsen. Dicke graue Fische mit weit aufgesperrten Mäulern und stacheligen Rücken starrten mich aus kalten Augen an. Lange Schlieren von Seetang erstreckten sich wie riesige Schlangen am Grund, und ihre Stiele und Blätter wuchsen in dichten Büscheln in die Höhe.

Während ich bewegungslos im Wasser verharrte, merkte ich, wie ich von einer Strömung ergriffen wurde. Sie fühlte sich an wie ein Magnet, der mich anzog, erst leicht, dann immer stärker. Ich schwamm heftig dagegen an, aber die Strömung war zu stark. Wie eine Angelschnur zog sie an mir. Dunkelheit wirbelte mir entgegen. Da fiel es mir wieder ein. Das Dreieck.

Alles wurde schneller, wie ein Film im Zeitraffer. Fische sausten vorbei, Seegras und Algen lagen flach und streck-

ten sich zum Rand des Dreiecks hin, zu dem Loch, das in die tiefsten Tiefen des Ozeans führte.
Mit pochendem Herzen und zugeschnürter Kehle bewegte ich meine Arme wie Propeller und pflügte durch das Wasser. Meine Schwanzflosse arbeitete auf Hochtouren, während ich versuchte, mich dem Sog zu entziehen. Ich schwamm wie eine Verrückte. *Mach weiter, halt durch!*
Doch jedes Mal, wenn ich etwas vorangekommen war, holte die Strömung mich wieder ein und zerrte mich aufs Meer hinaus. Wir waren in einen Kampf verstrickt, ein Tauziehen zwischen mir und – und was? Angst durchfuhr mich wie ein elektrischer Stromschlag und verlieh meinen schmerzenden Armen einen letzten Antrieb.
Aber er reichte aus. Ich kam weg. Die Strömung lockerte ihren Griff. Das Meer wurde schon bald wieder flach und ruhig, als sei gar nichts geschehen. Aber ich wollte nichts riskieren. Ich stieß mich durchs Wasser, schwamm zu unserer Bucht zurück und erreichte das Schiff völlig außer Atem. Während ich mich hochzog und aufs Deck setzte, kamen meine Beine wieder zum Vorschein.
Mum steckte den Kopf aus einer Kajüte. »Alles in Ordnung, Herzchen?«, fragte sie und reichte mir ein Handtuch.
Ich nickte, da ich noch zu sehr außer Atem war, um zu antworten. Während ich ihr in die Küche folgte, rubbelte ich mich trocken.
»Nimm das«, sagte sie und schob zwei Zwiebeln und ein

Messer in meine Richtung. »Kannst dich gleich nützlich machen.« Dann sah sie mich etwas genauer an. »Bist du sicher, dass alles in Ordnung ist?«

War ich sicher? Gute Frage. Ich öffnete den Mund, um ihr zu antworten, hielt aber inne, als ich vom Unterdeck Stimmen hörte.

»Wer ist da?«

»Besucher, unten bei Dad. Schon den ganzen Nachmittag, es ist ein einziges Kommen und Gehen.«

Leise schloss ich die Bodenluke. Ich hatte noch keine Lust auf neue Leute. Ich wollte nicht mal, dass Dad hörte, was ich sagen wollte. Ich weiß nicht, warum. Es hatte etwas damit zu tun, dass er so glücklich war, und damit, dass er mich ständig so strahlend und liebevoll anlächelte. Das war ja auch klar, oder etwa nicht? Er hatte mich ja nicht mehr gesehen, seit ich ein Baby war. Und ich wollte einfach nicht, dass er wusste, dass seine Kleine gerade gar nicht so glücklich und sich ihrer neuen Traumheimat gar nicht so sicher war.

Meine Hände zitterten, als ich die Zwiebeln schälte. »Mum«, sagte ich behutsam.

»Hmm?«, erwiderte sie mit einem Teelöffel im Mund. Sie behauptet, dass einem damit die Augen nicht tränen.

»Weißt du noch, das Zeug, das uns Archie auf dem Weg hierher erzählt hat, über das große Loch im Ozean?«

»As gosse Goch im Oschean?« Der Löffel wackelte in ihrem Mund herum, während sie sprach.

»Was?«
Sie zog den Löffel aus dem Mund. »Das große Loch im Ozean?«, wiederholte sie.
»Das in die tiefsten Tiefen des Meeres führt«, ergänzte ich, während mir ein Schauer durch den Körper lief. »Ich hab vorhin was gespürt. Das mich aufs Meer hinausgezogen hat.«
»Emily, dass du mir da nicht rausschwimmst!« Sie packte mich am Arm. »Du bleibst in der Nähe der Insel.«
Der Schauer blieb mir im Hals stecken. »Es war ein echt starker Sog, Mum«, sagte ich leise.
»Aber sicher ist er stark! Er beschützt die ganze Gegend! Du weißt doch, was Archie gesagt hat. Hast du mich verstanden, Emily?«
Ich nickte und schluckte heftig. »Ja, ich hab verstanden.«
Sie sah mich fest an, und ich konnte ihrem Blick nicht ausweichen. »Ich will dich nicht verlieren, Emily. Versprich mir, dass du dich davon fernhältst.«
»Versprochen.«
Sie zog mich an sich und nahm mich fest in die Arme. »Prima. Also gut«, sagte sie. »Du dummes Ding, du zitterst ja.« Sie drückte mich noch fester. »Komm schon, ist ja gut. Lass uns das Gemüse fertigputzen, und wir versuchen, nicht mehr an große Löcher und die tiefsten Tiefen des Meeres zu denken, okay?«
»Okay.« Ich zwang mich zu lächeln. »Ich werd's versuchen.«

Danach arbeiteten wir stumm weiter. Ich wusste nicht, was ich sagen sollte. Ich konnte nur daran denken, dass es nicht reichen würde, ein paar Zwiebeln zu hacken, um mich vergessen zu lassen, wie sehr ich mich da draußen gefürchtet hatte, weil es so an mir gezogen und nach mir geschnappt hatte wie ein Hai, der mich auf den Meeresgrund zu ziehen versucht.

Meerjungfrauen? Aber sicher!

Ihr seid nicht besser als mein Vater.

Er glaubt auch, dass es sie gibt. Glaubt, dass er eine gesehen hat. Auf dem Heimweg vom *Fisherman*. Das ist seine Stammkneipe. Ganz klar gesehen, wie am helllichten Tag, sagt er.

»Das beweist ja nur, wie klar du nach zehn Bieren noch sehen kannst«, sagt meine Mutter. »Du hast ja nicht mal gemerkt, dass es mitten in der *Nacht* war!«

»Klar wie am helllichten Tag«, betont er noch mal. »Das ist doch nur eine Redensart, Schätzchen.«

Mum sagt, er wird noch mehr als Meerjungfrauen sehen, wenn er sich nicht zusammenreißt. Dann fährt sie mich an, weil ich meine Mädchenzeitschrift rumliegen gelassen habe. Dauernd schreien sie sich an und meckern an mir rum. Das ist alles, was sie zurzeit noch können.

Sie haben nicht immer gestritten. Wenigstens nicht so viel. Das ist erst so, seit wir gehört haben, dass die Stadtverwaltung unser Zuhause abreißen lassen will. Wir wohnen auf dem Pier, und es heißt, dass er nicht mehr sicher ist. Das Problem ist nur, dass

meine Eltern auch auf dem Pier arbeiten – sie betreiben eine Spielhalle. Also ein Schlag mit der Abrissbirne, und wir haben kein Zuhause und keine Arbeit mehr. Oder eine Sprengung mit Dynamit. Oder wie auch immer sie das anstellen wollen.
Das Haus ist tatsächlich eine Bruchbude. Ist mir doch egal, was damit passiert. Na ja, nicht ganz egal. Aber wen kümmert es schon, was ich denke?
Also gut, wie auch immer, heute kommt Dad mittags in unsere Wohnung raufgestürzt. Sonst geht er immer in die Kneipe, aber dieses Mal behauptet er, dass er woanders war.
»Wo?« Mum sieht ihn misstrauisch an.
»Schau mal«, sagt er. Er hat eine Zeitschrift in der Hand. Eine Broschüre.
Mum nimmt sie entgegen. »*Mermaid Tours*?«, sagt sie. »Ach du lieber Gott, Jack, wann wirst du endlich erwachsen?«
»Nein, das ist nicht … das handelt sich doch nicht um …«, protestiert er stotternd. »So heißt doch nur die Reisegesellschaft, Maureen. Ist mir irgendwie ins Auge gefallen, weiter nichts.« Er reißt Mum die Broschüre wieder aus der Hand und blättert sie durch, als ob er nach was Besonderem sucht. »Ich hab nach was geschaut, was uns ein bisschen von allem ablenkt. Ich fand, so etwas hier könnte uns vielleicht helfen.«
»Da!«, sagt er plötzlich und knallt das aufgeschlagene Heft auf die Tischplatte. Mum setzt sich, um die Seite zu lesen. Ich werfe auch einen Blick darauf. Obwohl es mich eigentlich gar nicht interessiert. Ich möchte nur wissen, um was er so ein Theater macht, sonst nichts.

»Eine Kreuzfahrt, Jack?« Mum sieht ihn auf ihre spezielle Art an, ganz ironisch und mit so weit hochgezogenen Augenbrauen, dass sie fast unter dem Haaransatz verschwinden. »Wir sind kurz davor, unsere Lebensgrundlage zu verlieren, und du willst, dass wir den letzten Penny, den wir nicht mal *haben*, für einen albernen Urlaub ausgeben?!«

Dad holt tief Luft. »Maureen«, sagt er knurrend. Als er weiterredet, spricht er jedes Wort einzeln aus, als ob er staccato redet. »Für. Wie. Blöd. Hältst. Du. Mich. Eigentlich?«

Mum steht vom Tisch auf. »Du willst doch wohl keine Antwort darauf haben, Jack?«

»Schau doch hin!«, brüllt Dad plötzlich los. Dad brüllt sonst nie. Wir blicken beide auf. Er deutet auf die Seite. »Ich les es euch vor, ja?« Und ehe wir antworten können, fängt er zu - lesen an.

»Machen Sie mit bei unserem EXKLUSIV-PREISAUSSCHREIBEN, und Sie können eine von unseren überragenden Mermaid-Tours-Reisen *gewinnen. Jeden Monat ist ein glücklicher Leser Gewinner dieses PHANTASTISCHEN PREISES. Vervollständigen Sie einfach den folgenden Satz mit maximal dreißig Wörtern:* Urlaub mit Mermaid Tours ist der beste, den es gibt, weil ... *Vergessen Sie nicht anzugeben, an welcher unserer einmaligen Kreuzfahrten Sie gerne teilnehmen würden, und schicken Sie den Teilnahme-Abschnitt ein. Sie könnten der nächste glückliche Gewinner sein!«*

Dad legt die Zeitschrift auf den Tisch zurück.
»Ach so«, sagt Mum und nimmt das Heft hoch. »Ein Preisausschreiben. Warum hast du das nicht gleich gesagt?«
Ich werfe Dad einen warnenden Blick zu. Er beißt die Zähne fest aufeinander und sagt kein Wort.
Mum und Dad sind ganz wild auf Preisausschreiben, vor allem Mum. Sie bildet sich ein, ein System entdeckt zu haben. Und es funktioniert sogar. Unsere Wohnung ist übersät mit Teddys und Toastern und elektronischen Wörterbüchern, die sie bei blöden Preisausschreiben in Zeitschriften gewonnen hat. Wir hatten mal drei Staubsauger. Und einmal hat sie sogar eine Wochenendreise gewonnen. Nicht, dass ich davon viel mitbekommen hätte. Sie und Dad sind allein gefahren. Ich musste mit einem Babysitter zu Hause bleiben, während sie losfuhren, um sich in Paris zu amüsieren. Das habe ich ihnen immer noch nicht ganz verziehen. Obwohl, ich hätte mich nicht zu wundern brauchen. Ich komme hier bei uns immer als Letzte dran.
Aber nun das. Na ja, eine Kreuzfahrt, das wäre nicht schlecht. Auf einem riesigen Schiff, das durch das Meer gleitet, im Liegestuhl zu liegen, heiße Sonne, warmer Swimmingpool, so viel zu essen, wie ich runterkriege, Süßigkeiten ohne Ende und keiner, der mich daran hindert, so viel Cola zu trinken, wie ich will. Von solchen Ferienreisen habe ich schon gehört. Da ist alles *all inclusive*.
»Du weißt doch, wie gut du bei solchen Sachen bist«, sagt Dad und rückt etwas näher an Mum heran.

»Versuche nicht, dich einzuschmeicheln, Jack«, sagt Mum. »Das passt einfach nicht zu dir.«
Aber ich weiß schon, dass sie es machen wird, sie kann einfach nicht widerstehen. Ich fange einen Blick von Dad auf. Er zwinkert, und ich lächle leicht zurück. Trotzdem ist er dämlich, weil er an Meerjungfrauen glaubt.
Etwas später komme ich dazu, als Mum die Broschüre durchblättert. »Sieh dir das hier mal an«, sagt sie. Ich werfe einen Blick über ihre Schulter.

Bermudainseln und Karibik. Lernen Sie den Zauber selbst kennen. Genießen Sie die Bequemlichkeit und die Verzauberung unserer Mermaid-Tours-*Kreuzfahrten. Schwimmen Sie mit Delphinen. Baden Sie im ganzjährigen himmlischen Sonnenschein.*

»Die ist es, würde ich sagen.« Sie kaut auf der Innenseite ihrer Wange. »Also, lass mich jetzt mal alleine. Ich muss nachdenken.«
Keinem von uns zeigt sie, was sie geschrieben hat. Sagt, dass das Pech bringt. Aber irgendwas verändert sich bei uns daheim, kaum, dass sie den Teilnahmeschein losgeschickt hat. Auf einmal reden wir alle davon, was wir auf unserer Kreuzfahrt machen werden und wie die Reise wird. Mum und Dad verstehen sich; sie lächeln sich sogar ab und zu an. Was noch seltsamer ist: Sie hören auf, an mir rumzumeckern. Für ein paar Tage wenigstens. Einsendeschluss ist in einer Woche.

Aber dann ist die Woche vorbei, und wir hören nichts. Noch eine Woche vergeht, noch eine und noch eine. Nichts.
Wir haben nicht gewonnen. Mum ist wohl doch von ihrem Glück im Stich gelassen worden.
Und allmählich geht die Zänkerei wieder los, dann brüllen sie sich wieder an und nörgeln alle fünf Minuten an mir herum. Alles wie gehabt. Und über allem schwebt die drohende Tatsache, die niemand laut auszusprechen wagt: dass wir nämlich kurz davorstehen, alles zu verlieren.
Aber warum sollte es auch anders sein? Ist ja schließlich *mein* Leben, um das es hier geht.
Ach, ich habe mich ja noch gar nicht vorgestellt, oder?
Ich heiße Mandy. Mandy Rushton.

2

Ich sprang aus dem Bett. Heute würde Shona ankommen!

Shona ist meine beste Freundin. Sie ist ein Meermädchen. Immer. Nicht nur wenn sie ins Wasser geht. Daheim – ich meine, zu Hause in Brightport – habe ich mich nachts immer davongeschlichen, um sie zu treffen. Das war, bevor jemand wusste, dass ich ein Meermädchen bin. Jetzt würden wir uns jeden Tag sehen können!

Ich konnte es kaum glauben, als sie mir erzählte, sie würden auch kommen. Es war Neptuns Idee gewesen, aber ich hatte ihre Eltern noch nicht kennengelernt und nicht gewusst, ob sie einverstanden wären. Allerdings: Wenn ich mich so umsah, konnte ich mir kaum vorstellen, dass jemand *nicht* herkommen wollte, um hier zu leben. Solange man dem Rand des Dreiecks nicht zu nahe kam! Aber daran wollte ich heute nicht denken. Ich würde mich nah an der Küste halten, wie Mum gesagt hatte, und alles wäre in Ordnung. Heute Morgen sah sowieso alles anders aus. Etwas, das so schön war, konnte gar nicht gefährlich sein.

Wenn ich mir das oft genug einredete, würde ich es vielleicht sogar glauben.

Dad kam an die Bodenluke geschwommen, als ich mir Frühstück machte. »Da ist jemand für dich, Kleines«, sagte er. »Und warte mal, ich hab was für dich.«
Er schoss davon, während unter mir jemand auftauchte. Jemand mit langem blondem Haar und einem breiten Grinsen. Shona!
Ich schlang den letzten Bissen hinunter und sprang mit einem Aufklatschen durch die Bodenluke. Meine Beine verschmolzen zu einem Fischschwanz.
»Ich musste dich gleich besuchen«, sagte Shona, schwamm auf mich zu und umarmte mich fest.
Ich drückte sie auch. »Wann seid ihr angekommen?«
»Ganz spät in der Nacht.« Sie deutete mit einem Nicken auf das Bullauge, durch das sie hereingeschwommen war. »Althea hat mich hierher zur Nordbucht gebracht. Sie wohnt neben uns in der Felsenmeerbucht. Komm, ich stell sie dir vor.«
»Hier, mein Liebes.« Dad kam zurückgeschwommen und grinste überglücklich, als er mir etwas reichte. Eine Puppe. Sie hatte knallrote Flecken auf den Wangen, goldenes Haar und einen gerüschten rosafarbenen Fischschwanz.
»Ähm, danke, Dad.«
»Gefällt sie dir?«, fragte er und zupfte sich wieder am Ohr.
»Aber klar. Ich spiel vielleicht später damit.«
»So etwas habe ich dir seit Jahren schon schenken wollen. Bin bis heute nicht dazu gekommen.« Sein Blick wurde

ganz verschleiert und träumerisch. Das schien ihm alle naselang zu passieren. Ich weiß nicht, ob ihm klar war, dass ich auf die dreizehn zuging.

Als wir dann draußen waren, verzog ich das Gesicht, und Shona lachte. Dann tat es mir doch etwas leid. »Warte«, sagte ich, schwamm ins Schiff zurück und gab Dad einen Kuss auf die Wange. Er konnte ja nichts dafür, dass ich ohne ihn aufgewachsen war. Er konnte auch nichts dafür, dass wir noch nicht so richtig rausgefunden hatten, wie wir miteinander umgehen sollten. Das würde schon noch kommen. Musste es einfach.

»Wofür ist das denn?«, fragte er und berührte die Wange mit der Hand.

Ich zuckte die Schultern und lächelte kurz. »Bis später«, sagte ich nur.

Im Wasser draußen vor dem Schiff wartete ein Meermädchen mit Shona. Sie hatte ihr pechschwarzes Haar mit einem Band zurückgebunden. Das Band sah aus, als wäre es aus goldenem Seetang gemacht. Ihr Fischschwanz war grün und hatte aufgemalte Silbersterne auf der Flosse.

Shona drehte sich zu mir um. »Das ist Althea. Sie zeigt uns die Insel.«

»Super«, sagte ich mit einem verkniffenen Lächeln. Die Eifersucht durchfuhr mich wie ein Stich. Wie konnte ich mich mit einer richtigen Meerjungfrau messen, die Sterne auf der Schwanzflosse und goldenen Seetang im Haar

hatte? Bestimmt würde ich bald wieder ohne beste Freundin dastehen.
»Wir holen vorher noch Marina ab«, sagte Althea.
Shona hakte sich bei mir ein. »Das ist Altheas beste Freundin«, fügte sie hinzu und lachte, als sie meine Gedanken las. Das kann sie nämlich manchmal. Deshalb ist sie so eine geniale beste Freundin.

»Bleibt hier dicht am Ufer«, ermahnte uns Althea, als wir uns auf den Weg machten, und meine Angst, die schon an mir zu nagen begonnen hatte, verdoppelte sich. »Am Nordende der Insel herrscht eine ziemliche Strömung.«
Als ob man mir das noch sagen musste! Es schnürte mir die Kehle zu. Mein Mund fühlte sich so trocken an, als wäre er voller Sand.
Althea deutete auf den Berg hinter uns. »Da oben leben ein paar von den Menschenfamilien«, sagte sie und zeigte uns die weißen Häuser, die ich am Tag zuvor gesehen hatte. »Sie kümmern sich für die ganze Insel um die Lebensmittelzuteilung.«
Einen Augenblick lang wünschte ich, ich wäre gestern doch hingegangen und hätte sie kennengelernt. Denn dann hätte ich mich jetzt vielleicht genau wie Shona mit großen, ahnungslosen Augen umgesehen, statt darauf

zu warten, dass etwas Schreckliches passieren könnte. Ich musste das Unbehagen abschütteln. Ich hakte mich bei Shona ein und lächelte ihr zu. Während wir weiterschwammen, achtete ich darauf, dass wir so nah wie möglich an der Küste blieben.

Wir glitten an einer Reihe von niedrigen Felsen entlang, die ins Meer hinausragten. »Das ist das Barrakuda-Kap«, erklärte uns Althea.

»Warum heißt es so?«, wollte Shona wissen.

»Wirst du gleich sehen«, erwiderte Althea lächelnd. »Warte, bis wir auf der anderen Seite sind.«

Wir umrundeten die Kapspitze und schwammen ein Stück weiter, dann hielt Althea an. »Okay, jetzt dreht euch mal um.«

Wir schauten zurück.

»Heilige Haiflosse, das sieht ja wirklich genau aus wie ein Barrakuda!«, keuchte Shona, und mir blieb auch die Spucke weg. Ein niedriger Felsenkamm streckte sich von der Küste ins Meer hinaus wie ein langer, dünner Fisch. Zum Ende hin verjüngten sich die Felsen zu einer scharfen Spitze, deren Kamm gezackt und geriffelt war wie das Maul eines Hechts mit spitzen Zähnen. Scharfkantige Felsen ragten wie Rückenflossen daraus hervor. Die Felsen sahen so dunkel und drohend aus, als ob sie mit einer schlängelnden Bewegung zu fauchendem Leben erweckt werden könnten. Ein kalter Schauer schoss mir über den Rücken und prickelte mir im Nacken.

»Es soll die Insel schützen.«
»Wovor?«
»Vor allem Möglichen. Eine Menge von Meerungeheuern lauern da draußen, wisst ihr.«
»Wirklich?«, fragte ich fröstelnd. »Was für welche?«
Althea lachte. »Das sind nur Ammenmärchen. Monster und so weiter.« Doch dann erstarb ihr Lächeln. »Aber irgendwas ist schon dran, nehme ich an. Ich hab es zwar noch nie mit meiner Flosse greifen können, aber ich habe immer das Gefühl gehabt, dass da etwas unter der Oberfläche lauert …«
»Bist du je aufs Meer hinausgezogen worden?«, platzte es aus mir heraus.
»Was?«
»Von … von einem Sog?«, ergänzte ich zögernd.
»Wir halten uns von bestimmten Stellen fern. Das lernen wir schon ganz früh.«
»Und was würde passieren, wenn man das nicht täte?« Ich hielt den Atem an, während ich auf ihre Antwort wartete.
Althea senkte die Stimme. »Dann holt dich das Seeungeheuer!«, sagte sie. Dann sah sie mir ins Gesicht und prustete los. »Ach was, ich mach nur Spaß! Das sind Ammenmärchen, hab ich doch schon gesagt.« Dann wandte sie sich abrupt ab, schüttelte ihre Haare, die sich fächerartig auf dem Wasser ausbreiteten und goldene Tropfen in einem Bogen um sie herum versprühten. »Los, holen wir Marina ab.«

Sie schwamm weiter. Während wir durchs Wasser glitten, warf Shona mir ab und zu einen Seitenblick zu. Ich lächelte ihr zu und versuchte unbefangen zu wirken, aber mein Körper fühlte sich steif und unbeholfen an, während ich mich vorwärtsstieß.

Schon bald wurde das Wasser warm und flach und durchsichtig, während wir weiter die Küste entlangschwammen. Keine Strömungen, nichts Beunruhigendes. Althea hatte recht. Wir mussten eben nur bestimmte Gegenden meiden, und alles wäre in Ordnung. Ich entspannte mich allmählich. Wir erreichten eine breite Bucht. Darin wurde das Wasser kühl und tief. Den Rand bildeten bizarre Felsformationen.

»Die Doppelbogenbucht«, sagte Althea.

Vor uns waren zwei riesige Bogen tief in die felsige Küste geschnitten. Althea tauchte unter, um durch einen hindurchzuschwimmen. Shona tat es ihr nach. Dann stieß ich mich ebenfalls nach unten und glitt hindurch.

Wir schwammen durch ein kleines Riff. Gepflegte Pflanzen- und Korallenbüschel lagen verstreut angeordnet wie in einem schön angelegten Park. Ein älterer Meermann mit leuchtend blauen Augen und einem dünnen grauen Pferdeschwanz schwamm dazwischen herum und schnitt Unkraut mit einer Gartenschere ab, die aus scharfrandigen Muscheln gemacht war.

»Hallo, Theo«, sagte Althea.

Er nickte uns zu. »Morgen, Mädels.«

»Theo ist der Gärtner«, erklärte uns Althea, während er davonschwamm, um ein paar welke rosafarbene Pflanzen mit einem Strang Seetang zusammenzubinden.

Überall waren Felsentore. Einige waren nur kleine Lücken in den Felsen, die ich bestimmt übersehen hätte, wenn Althea sie uns nicht gezeigt hätte, andere waren zerklüftete Öffnungen, die groß genug für einen Wal waren.

Schließlich kamen wir zu einem schillernden rötlichen Felsen, der in der Mitte ein rundes Loch hatte. »Hier wohnt Marina«, sagte Althea. Sie tippte an einen pinkfarbenen Fisch, der über dem Eingang schwebte und von dessen Schwanz ein goldenes Glöckchen baumelte. Er zappelte sofort los, und ein zartes Bimmeln ertönte.

Von innen kam ein Meermädchen auf uns zugeschwommen. Es hatte rotes lockiges Haar und einen langen goldenen Fischschwanz, auf dessen Flosse ein schillernder Halbmond gemalt war. »Shona und Emily!«, sagte sie, und ihr sommersprossiges Gesicht verzog sich zu einem Lächeln. »Kommt rein. Ich hol nur meine Sachen.« Sie packte Althea bei der Hand, und die beiden schwammen voraus durch einen schmalen Gang, der von rauen Felswänden umgeben war. Der Gang ging schon bald in eine geräumige Wohnung über, die durch Vorhänge aus Farn und Seetang in Räume unterteilt war. Eine ältere Meerfrau eilte geschäftig vorbei. Sie hatte so rote Haare wie Marina, nur länger und krauser. Ihr Fischschwanz war leuchtend gelb, und am Ende der Flosse hingen weiche weiße Quasten.

»Bleib aber nicht den ganzen Tag fort, Marina«, sagte sie. »Heute Abend gibt es Aalsoufflé in Aspik, und wir essen schon früh. Ich muss um sieben zu meinem Kurs in Synchronschwimmen.« Dann lächelte sie Shona und mir zu. »Hallo«, sagte sie. »Willkommen auf der Rundum-Insel.«

Shona und ich lächelten zurück, dann folgten wir den anderen in einen kleinen Raum mit einem weichen Bett aus Seetang und Vorhängen rundherum. Ein riesengroßer rosafarbener Schwamm war in eine Ecke gequetscht, gegenüber hing ein Kristallspiegel.

»Mein Zimmer«, sagte das Meermädchen.

Ich setzte mich auf den Schwamm. Er schmatzte und blubberte unter mir. Shona lachte. »Das ist aber zischig!«

Zischig – das ist Shonas Wort für alles, was sie gut findet.

»Wohl eher matschig«, sagte ich und versuchte aufzustehen.

Althea schwamm zum Ausgang. »Kommt«, sagte sie. »Es gibt so viel zu zeigen.«

Marina schnappte sich ein Patchworktäschchen aus Blättern und Stängeln, und wir folgten Althea durch die Bogen und wieder hinaus in die Bucht. Wir schwammen ein Stück felsige Küste entlang, die immer wieder von allen möglichen Buchten unterbrochen wurde. Einige waren sandig und weit, andere eher enge gewundene Meeresarme, die man fast übersah.

Wohin wir auch blickten, hüpften Sonnenlichtflecken auf dem Wasser, weiße Schaumkronen schwappten sanft über Felsen, Palmen erhoben sich aus weißem Sand. Von einem bewaldeten Hang, hoch oben auf der Insel, grüßten uns ein paar Menschen. Im Wasser wurden wir von Meerleuten lächelnd willkommen geheißen, als wir vorüberschwammen. Ein paar Meerkinder, die sich von einem Delphin huckepack tragen ließen, winkten und riefen uns etwas zu. Wir winkten zurück. Eine Gruppe Meermänner, die nach Nahrung tauchte, nickte uns auf ihrem Weg ins offene Meer zu. Eine Meerjungfrau mit langem, fließendem Haar lächelte, während sie von einem Schwertfisch an der Leine mitgezogen wurde.

Alles war so anders – und dennoch so vertraut. Ich gehörte hierher. Die Angst, die mich gestern befallen hatte, wurde mit jedem neuen Anblick weiter fortgeschwemmt.

So schwammen wir weiter, bis wir zu einer halbversteckten Höhle in den Felsen der Küste kamen.

»Es gibt Unmengen von Höhlen auf der Insel, aber wir nutzen nur ein paar davon«, sagte Marina. »In einer befindet sich die Schule. Dann gibt es noch die Großen Höhlen. Sie werden nur für wirklich wichtige Veranstaltungen gebraucht, zum Beispiel, wenn Neptun kommt. Die andere könnten wir euch aber zeigen, die Smaragdhöhle. Wollt ihr eure Schule sehen?«

Wollte ich das? Allein der Gedanke an Schule ließ mein Lächeln verschwinden. Aber diese hier konnte ja nicht so

wie die Schule in Brightport sein. Hier würde sich keiner über mich lustig machen oder Spaß daran haben, mir das Leben zu vermiesen. Immerhin war es ja eine Nixenschule.
Mit gemischten Gefühlen folgte ich Althea in die Höhle.
Langsam wanden wir uns durch einen engen Tunnel. Je weiter er sich um Ecken schlängelte, umso dunkler wurde es. Schon bald schwammen wir in pechschwarzer Dunkelheit dahin.
»Tastet euch an den Wänden entlang«, rief Marina irgendwo vor mir. Ich ließ die Hände an den zerklüfteten Seiten entlanggleiten, während ich mich durch den schmalen Kanal schob.
Gerade als meine Augen sich an die Dunkelheit gewöhnten, wurde der Tunnel breiter und heller. Wir kamen an eine Gabelung.
»Hier geht's weiter.« Marina deutete einen Gang entlang, der grünlich erleuchtet war. Er führte in ein tiefes Becken im Inneren der Höhle. Über uns wölbte sich eine hohe, zerklüftete Decke. Um uns hingen überall Stalaktiten herab: enorme Tropfsteine, die fast bis auf die Wasseroberfläche herunterreichten, aber auch winzige Stacheln, wie die Spitzen von Dartpfeilen. Felsen schimmerten und leuchteten in Violett und Blau und Rot. Am Rand des Beckens lagen glatte Steine auf einem Kiesbett herum, als hätte jemand mit riesigen Murmeln gespielt.
Eine lange Rolle hing von der Decke, auf der Unterwasserszenen abgebildet waren.

Ein junges Meermädchen räumte einige Haarbürsten auf, die auf einem Felsvorsprung lagen, der aus dem Wasser hinausragte. Sie lächelte uns zu, während wir uns verwundert umsahen.
»Zischig!«, sagte Shona und schwamm hinüber zu den Bürsten. »Habt ihr auch Schönheit und Haltung?«
Schönheit und Haltung: Davon hatte mir Shona schon berichtet. Bald würde ich es mit ihr zusammen lernen. Und Tanz und Tauchen auch und die ganzen anderen Nixenfächer. Keine Teilaufgaben mehr!
»Aber sicher«, sagte Marina lächelnd. »Das ist mein Lieblingsfach.«
»Meins auch«, sagte Shona ehrfurchtsvoll.
Althea sah mich an. »Mir gefällt Geschichte und Schiffsunglücke besser.«
»Althea nimmt gerne an Geographieexkursionen ins Riff teil«, sagte Marina lachend. »Hauptsache, sie kann den normalen Tidenplan schwänzen.«
»Eine schöne Schule«, flüsterte Shona, während wir alles betrachteten. »Viel besser als meine alte Nixenschule.«
»Und ungefähr eine Million Lichtjahre schöner als meine«, setzte ich hinzu und bemühte mich, nicht zu sehr an die Brightport Highschool zu denken.
»Es gibt zwei Klassenräume«, erläuterte Althea. »Dieser hier ist für die älteren Schüler. Es gibt noch einen für die Kleinen.«
»Nur zwei?«, fragte Shona. »Ist das alles?«

»Es sind ja nur insgesamt ungefähr dreißig Familien hier«, sagte Marina. »Hauptsächlich Meerleute und ein paar Menschenfamilien.«

»Haben sie eigentlich Kontakt untereinander?« Ich merkte, wie ich den Atem anhielt, während ich auf ihre Antwort wartete.

»Ja, klar«, sagte Althea und schwamm wieder auf den Höhlenausgang zu. »Aber irgendwie sind sie auch getrennt.« Sie errötete. »Wenn du verstehst, was ich meine.« Sie warf einen kurzen Blick auf meinen Fischschwanz. Ich verstand nur zu gut. Ich war die Einzige. Wieder mal die Außenseiterin.

Die alten Ängste kamen wieder hoch und klumpten sich in meinem Magen zusammen. Ich konnte sie nicht mehr verdrängen. *Niemals* würde ich einen Ort finden, wo ich dazugehörte.

»Aber alle verstehen sich echt super«, sagte Marina schnell, schwamm auf mich zu und strich mir über den Arm. »Und wir freuen uns alle richtig, dass du zu uns gekommen bist. Die Insel gibt nächste Woche eine Party für euch, sobald ihr euch eingewöhnt habt.«

»Wir haben seit Ewigkeiten keine neuen Familien mehr bekommen«, fügte Althea hinzu. »Kommt, wir zeigen euch den Rest der Insel.«

Sie gaben eine Party, nur für uns? Vielleicht täuschte ich mich ja doch. Vielleicht würde ja wirklich alles gut werden.

Wir schwammen weiter an der Küste entlang, und Althea und Marina zeigten uns die Sehenswürdigkeiten: ein Loch im Meeresboden, aus dem im Sommer gelbe Flammen sprudelten, kleine Kanäle, die in ein Labyrinth von Höhlen und Gängen führten, in dem ein paar Meerleute an Ständen Kunstgegenstände anboten. Ich nahm mir vor, Dad davon zu erzählen. Es würde zumindest etwas sein, worüber wir reden könnten. Während seiner Zeit im Gefängnis hatte er gelernt, Schmuck zu machen. Vielleicht könnte er ja auch so einen Stand aufmachen.

Während wir an der zerklüfteten Ostküste der Insel entlangschwammen, kamen wir an einen Meeresarm, der in ein Felsmassiv führte.

»Also, das müsst ihr euch unbedingt ansehen«, sagte Althea.

Hintereinander schwammen wir in den engen Kanal. Je weiter wir kamen, desto steiler und höher wurden die Seitenwände; das Wasser wurde tiefer und kälter und so dunkel, dass es fast schwarz wirkte. Eine leichte Brise pfiff durch die Schlucht. Dann plötzlich nichts mehr: keine Bewegung, kein Geräusch, nur die Sonne, die stumm niederstrahlte. Solch eine Stille hatte ich noch nie erlebt.

Während wir uns durch den Meeresarm schlängelten, machten Althea und Marina uns immer wieder auf Dinge aufmerksam: ein Fossil in der Wand der Schlucht, feine Spalten in den Felsen, die als winzige Tunnel von unserem Meeresarm abzweigten.

»Seht mal.« Althea deutete nach vorne, wo der Meeresarm zu enden schien. Zuerst konnte ich nichts Auffälliges entdecken, nur eine Menge üppig wachsender Büsche und Schilf, das an den Wänden entlangwuchs. Doch dann fiel mir auf, was sie uns zeigen wollte: ein Spalt im Felsen hinter dem Schilf. Zu beiden Seiten des Spalts waren Treibholzplanken befestigt, die beinahe vollkommen von Tang und Algen überwachsen waren.

Wir teilten das Schilf, als sei es ein Vorhang, und spähten in die Felsspalte hinein. Dahinter funkelte eine schimmernde blaue Lagune wie Diamanten: Das Wasser lag fast bewegungslos da; über klaffenden Löchern im Fels hing Farn herab; ein Schwarm Flamingos hatte sich am Ufer versammelt. Sie standen bewegungslos auf ihren spindeldürren Beinen und reckten die rosafarbenen Hälse schnurgerade in die Höhe. Zwei Pelikane flogen vorüber, ihre weit ausgebreiteten Schwingen streiften die stille Wasseroberfläche. Es war wie im Paradies. So, wie man sich das Paradies immer vorstellt.

»Zischig!«, hauchte Shona.

Ich starrte so unverwandt hinein, dass meine Augen tränten.

Marina wirkte nervös. »Kommt. Wir sollten zurück.«
»Aber wir sind doch gerade erst gekommen«, wandte ich ein.
»Wir dürften eigentlich gar nicht hier sein.«
»Warum nicht? Es steht doch nirgends, dass man nicht hier sein darf, oder?«
»Es ist ver…«
»Es ist ver*lockend*!«, fiel Althea Marina ins Wort und stieß sie an. »Aber es ist ungezogen hineinzuschwimmen, weil wir das eigentlich nicht dürfen.« Sie kam näher herangeschwommen und senkte die Stimme. »Aber *ihr* wisst das ja nicht. Ihr könntet hineinschwimmen und rausfinden, wie es da drin ist. Das wollte ich schon immer mal wissen.«
Ich starrte in die Lagune.
»Ich weiß nicht so recht«, sagte Shona. »Also, wenn wir eigentlich nicht dürfen …«
»Keiner der Jugendlichen ist mutig genug. Man hat uns so oft verboten hineinzuschwimmen«, sagte Althea. »Aber ihr wisst das ja nicht. Ihr seid ja erst seit kurzem hier! Wer sollte euch dafür zurechtweisen?«
»Da hat sie recht«, sagte ich.
Althea lächelte mir zu. »Eben.«
Das war vielleicht genau das, was ich brauchte! Es war meine Chance sicherzustellen, dass Althea und Marina ganz bestimmt unsere Freundinnen würden. Ich wusste ja, dass ich Shona hatte, aber ich konnte nicht riskieren,

dass sie meine einzige Freundin blieb. Diesmal musste ich es einfach schaffen, auch bei den anderen beliebt zu sein. Ich würde es diesmal nicht so weit kommen lassen, dass man wieder über mich tuschelte und sich über mich lustig machte. Wenn sie wollten, dass wir es machten, nun gut, dann würden wir es machen. Außerdem sah die Lagune ja sooo verlockend aus. Ich konnte es fast spüren, wie sie mich anzog.

Shona rückte von dem Schilf ab, und ihre Schwanzflosse zuckte nervös. »Wir überlegen es uns«, sagte sie.

Wir ließen den Schilfvorhang zufallen und zogen uns zurück, aber das Bild wollte mir einfach nicht aus dem Kopf: die Stille des Wassers, die Farne, die wie zarte Schleier herunterhingen.

Schweigend machten wir uns auf den Rückweg. Um uns herum rührte sich die Natur wieder. Winzige braune Eidechsen sausten über die Felswände. Krebse huschten unter dunkle Steine und versteckten sich in ihren sicheren Höhlen. Über uns pickten weiße Vögel mit langen, spitz zulaufenden Schnäbeln in unsichtbare Löcher im Felsen. Schließlich weiteten sich die Wände des Meeresarms wieder, die Sonne wärmte unsere Rücken, und wir waren wieder auf dem offenen Meer.

Als die beiden anderen sich von uns verabschiedet hatten, begleitete Shona mich zur Nordbucht. Ehe wir ins Schiff stiegen, packte ich sie. »Wir *müssen* einfach zurück«, sagte ich.

»Ach, Emily, ich weiß nicht«, erwiderte Shona. »Schließlich sind wir gerade erst angekommen.«

»Das ist es ja eben!«, rief ich. »Das hat Althea doch gemeint. Wir sind neu, wir kennen uns hier noch nicht aus, wir könnten uns ohne weiteres verirren. Überleg doch nur, wie beeindruckt sie sein werden. Bitte!«

Shona lächelte ein wenig. »Die Lagune hat ja wirklich herrlich ausgesehen«, murmelte sie. »Und es stimmt schon, wir sind noch nicht lange genug da, um die Regeln zu kennen.«

»Genau, überhaupt nicht lange genug«, sagte ich und schlug aufgeregt mit der Schwanzflosse. »Wir erkunden einfach nur unsere neue Heimat. Wir sind neugierig, wir haben noch keinen guten Orientierungssinn, und – *wupps!* – haben wir uns verirrt. Deswegen wird uns *niemand* böse sein.«

Ich bin als Erste an der Tür, als der Postbote kommt. Ich blättere die Post durch: nur wieder Rechnungen für Mum und Dad, über die sie streiten können.

Aber da ist ja noch etwas. Ein Brief in einem schillernden rosafarbenen Umschlag. Ich drehe ihn um. *Mermaid Tours*!

»Mum! Dad!«

In Windeseile sind sie an der Tür.

»Heiliger Strohsack!« Mum reißt mir den Brief aus der Hand. »Wer macht ihn auf?« Ihre Hände zittern.

»Mach du ihn auf, meine Liebe«, sagt Dad. »Du hast schließlich hingeschrieben.« Er fasste mich an der Hand. Ich zittere auch.

»Ist wahrscheinlich nur so eine Werbesendung«, meint Mum und reißt den Umschlag auf. »Nur mal keine Aufregung.«

Sie liest laut vor. *»Wir bedanken uns, dass Sie an unserem Preisausschreiben teilgenommen haben. Wir freuen uns, Ihnen mitteilen zu dürfen, dass Sie unsere* – Jack!« Mum lässt den Brief sinken und starrt Dad an.

Ich nehme den Brief und lese weiter: *»... unsere Kreuzfahrt*

Bermudainseln und Karibik *gewonnen haben. Sie werden mit Ihrer Familie vierzehn Tage auf einem unserer Luxusschiffe verbringen und die Annehmlichkeiten von* Mermaid Tours *genießen. Wir gratulieren und wünschen eine schöne Reise!«*

Für eine Sekunde bleibt uns die Spucke weg. Dann packt mich Mum und kreischt. Sie drückt mich ganz fest an sich. Sie hüpft herum. »Wir haben gewonnen! Wir haben gewonnen!«, ruft sie. »Wir machen eine Ferienreise! Heiliger Strohsack, wir haben doch tatsächlich gewonnen!«

Ich hüpfe ein bisschen mit ihr herum, bis ich kaum noch Luft bekomme, so eng hält sie mich, dann befreie ich mich. Mum schlingt die Arme um Dads Hals und gibt ihm einen Kuss. Sie gibt ihm einen Kuss! Das hat sie, glaube ich, seit fünf Jahren nicht mehr getan.

Es hat geklappt. Sie hat eine Ferienreise für uns gewonnen! Vielleicht vertragen sie sich wieder, und alles wird gut. Wenigstens für zwei Wochen.

Vierzehn Tage raus aus diesem Loch. Ob wohl überhaupt jemand merkt, dass ich weg bin? Julie vielleicht. Sie ist so was wie meine beste Freundin, auch wenn sie sich nicht so verhält. Eigentlich wollte sie nie meine beste Freundin sein. Sie hat immer diese Versagerin lieber gemocht, Emily Windsnap. Aber *die* ist ja Gott sei Dank nicht mehr in der Gegend.

Was wohl mit ihr und ihrer Mutter passiert ist? Einen Tag waren sie noch da, dann waren sie verschwunden. Mitsamt ihrem Boot und allem. Ein Glück, dass ich die los bin! Sie hat mir immer nur alles vermasselt und mich dumm dastehen lassen. Vor Jahren hat sie mich mal in Schwierigkeiten gebracht – sie hat mich angeschwärzt, in der Spielhalle geschummelt zu haben. Dabei hab ich nicht mal geschummelt; ich hab nur versucht, ihr zu helfen. Wollte nett zu ihr sein. Hab aber schnell gelernt, dass ich *so was* in Zukunft besser seinlasse. Bringt nie was. Am besten, man hält den Mund und macht sich keine Hoffnungen. Aber egal, wir hauen ab. Wir gehen auf Kreuzfahrt!

3

Zuerst schwammen wir nebeneinanderher. Unter uns schwebten gelegentlich Schwärme von Papageienfischen und Roten Schnappern über den sandigen Grund. Als sich der Meeresarm verschmälerte, schwamm ich voraus und schlängelte mich durch die stille Enge. Der Grund wurde schon bald ruhiger: Unter uns war reiner, goldener Sand, auf den die Sonne, fast direkt über unseren Köpfen stehend, hinunterschien. Unsere Schatten – die Umrisse zweier Meermädchen, die unter der Wasseroberfläche dahinglitten – bildeten sich klar ab, verzerrten sich und verschwanden wieder, wenn der Schlag einer Schwanzflosse die Ruhe der Wasseroberfläche durchbrach.
Wir kamen an den Schilfvorhang, der an den Felswänden hing, und zu den algenbewachsenen Holzplanken. Ich versuchte, das Zittern meiner Hände vor Shona zu verbergen, teilte den Vorhang und sah durch die Felsöffnung. Das Wasser glitzerte und fächerte sich zu einer weiten Lagune auf. Aus Felsspalten und Löchern hingen Farnbüschel herab. Ein weißer Tropenvogel huschte in einen Spalt hinter mir, und sein langer Schwanz verschwand im Fels. Sonst rührte sich nichts. Shona machte große Augen.

Ich drehte mich nach ihr um. »Bist du so weit?« Meine Stimme zitterte.
Sie riss den Blick los und sah mich an. »Dann lass es uns schnell hinter uns bringen.«
Ich sah mich um und stellte sicher, dass uns niemand gefolgt war. Dann quetschte ich mich durch den Spalt und schwamm in die Lagune. Die Sonne brannte herunter, wärmte meinen Nacken und tanzte auf dem Wasser. Ihre Strahlen trafen unter uns in kleinen Wellen auf den Grund.
Als wir durch die Stille glitten, wurde das Wasser kälter und trüber. Die Lagune verengte sich wieder zu einem Gang, und ich konnte den Schatten meines Körpers unter mir nicht mehr erkennen. Die Wände zu unseren Seiten hatten ihr hartes Aussehen verloren. Sie waren wie Kreide. Ich hielt an und kratzte mit den Fingern daran; der Stein zerkrümelte unter meiner Hand. Die Wände des Ganges erstreckten sich kalt und grau und kahl in die Höhe.
»Emily!« Shona deutete auf etwas vor uns. Es war in die Wand eingeritzt: ein perfekter Kreis, aus dessen Mitte sich spiralförmige Strahlen wanden. Das Zeichen sah aus wie ein Feuerrad, das sich drehte, voller Energie. Es war fast so groß wie wir.
»Sieh dir *das* mal an!« Shona war vorausgeschwommen, während ich das eingemeißelte Zeichen noch betrachtete. Vor ein paar Farnpflanzen, die locker vor einem Loch im Felsen wuchsen, erreichte ich sie. Das Loch führte unter

die Wasseroberfläche. Dort wurde es so groß, dass man hineinschwimmen konnte.

»Cool!« Ich grinste sie an. Ein geheimer Tunnel, der in den Felsen führte! »Shona, wir *müssen* ihn einfach erkunden.«

Sie verzog das Gesicht.

»Althea und Marina werden ja *so* beeindruckt sein. Niemand sonst hat es bisher gewagt.« Und ehe sie noch dagegen anreden konnte, glitt ich in die glitschige, hallende Dunkelheit. Schließlich hörte ich, wie sie mir folgte.

Der gewundene Tunnel führte uns immer tiefer in den Fels: eng, kalt und beklemmend. Aber je weiter wir schwammen, desto breiter und heller wurde er. Stück für Stück öffnete sich vor uns ein größer werdender Lichtkreis.

Wir schwammen darauf zu und kamen schließlich in einen kuppelförmigen Raum inmitten der Höhle. An der hohen Decke flimmerte der Widerschein des Wassers.

»Das versteh ich nicht.« Shona sah sich um. »Was ist das für ein Licht?«

Ich schüttelte den Kopf, während wir am Rand des Beckens entlangschwammen. Das Licht schien von unten aus dem Wasser zu kommen.

»Komm mit.« Ich tauchte. »Dort liegt die Antwort.« Ich riss vor Staunen den Mund auf. Der Boden der Höhle war vollkommen übersät mit Kristallen und Edelsteinen und Gold. Alles leuchtete so hell, dass ich fast die Augen bedecken musste. Solche Juwelen hatte ich noch nie gesehen! Gleißende rosafarbene Steine mit gezackten weißen

Rändern lagen in einem Kreis auf dem Boden, verbunden durch eine dünne goldene Linie. Mittendrin stand ein leuchtend blauer Stein in der Form einer Rakete, die zur Wasseroberfläche hinaufdeutete.

»Was zum Teufelsrochen …« Mit offenem Mund und großen Augen, in denen sich der blaue Stein spiegelte, schwamm Shona um die Säule herum.

Ich sah mich um. Da war noch mehr! Nachdem wir genauer hingesehen hatten, schien es, dass der ganze Grund der Höhle mit Steinen und Kristallen bedeckt war und dass die Spalten und Ritzen in den Felsen um uns damit gespickt waren.

»Emily, ich glaube, wir sollten zurück.« Ein dicker grüner Engelhai schwebte zwischen uns, seine erschrockenen Augen sahen in unsere, dann drehte er sich abrupt um und verschwand in einer Felsspalte. »Jetzt haben wir es gesehen. Wir dürfen eigentlich nicht hier sein.«

Ich hörte auf, mich umzuschauen. Shona hatte ja recht. »Okay«, sagte ich. »Hauen wir wieder ab.« Wir hatten die Antwort auf Altheas und Marinas Frage gefunden. Die Lagune verbarg eine Höhle, die voller Juwelen war. Aber warum? Es ergab keinen Sinn.

Shona drehte sich sofort um und schwamm wieder auf den Tunnel zu. Doch da fiel mir etwas an der Wand der Höhle auf: ein Symbol genau wie jenes, das wir schon vorhin gesehen hatten, nur noch größer. Es sah wie ein Mosaik aus. Beim Näherkommen konnte ich sehen, dass es aus Edelsteinen gemacht war: ein großer goldfarbener in der Mitte, oval und etwa halb so groß wie ich, und bunte Strahlen, die kreisförmig davon ausgingen. Ich streckte die Hand aus und berührte das Gebilde. Es wackelte.

»Shona!«

»Komm endlich.« Sie schwamm weiter.

Ich rüttelte an dem goldenen Stein. Er saß in der Felswand, aber nur locker. Wir konnten ihn wahrscheinlich herauslösen. Ich *musste* es einfach versuchen. Hier gab es ein Geheimnis, da war ich sicher.

»Shona«, rief ich wieder, »sieh dir das doch mal an.«

Sie hörte auf zu schwimmen und drehte sich um.

»Er ist locker!« Ich zog daran und zwängte die Fingerspitzen darunter, um ihn anzuheben. »Hilf mir mal.«

Unwillig kam sie zurückgeschwommen. »Ich dachte, wir würden … Heilige Haifischkiemen!«

»Du dachtest, wir würden zu Haifischkiemen?«

Shona starrte das Mosaik an. »Was ist das?«

»Hilf mir, den Stein rauszuziehen.«

»Du nimmst mich wohl auf die Flosse, was? Wir können doch nicht herkommen und alles kaputtmachen!«

»Wir machen gar nichts kaputt. Wir tun ihn wieder zurück. Lass uns einfach mal nachsehen, was dahinter ist.«

Das Bild der Gesichter von Althea und Marina tauchte vor mir auf, die über meinen Mut staunten. Ich würde vielleicht zum beliebtesten Mädchen der Insel werden und nicht mehr das Mauerblümchen sein, das vom Klassen-

ekel niedergemacht wurde. Diese Höhle konnte mein Leben verändern, ich wusste es einfach.
Shona seufzte heftig auf, dann schob sie zögernd die Finger unter den Stein, und nach und nach hoben wir ihn aus seinem Loch. Und schon hielten wir ihn gemeinsam in Händen. Wir ließen ihn auf den Boden sinken, und mit einem weichen *Plopp!* fiel er auf den Meeresgrund, so dass eine Wolke Sand um uns aufwirbelte.
»Und jetzt?« Shona starrte auf den Stein hinab.
Ich schwamm auf das Loch zu, das wir freigelegt hatten, und steckte den Kopf hinein. Ein weiterer Tunnelgang. Ich packte Shonas Arm und deutete in die Dunkelheit. »Wir *müssen* da hinein.«
»Wir müssen nirgendwohin«, fuhr Shona mich an.
»*Bitte!* Stirbst du nicht auch vor Neugier, was da drin ist? Kannst du es nicht spüren?« Es ging jetzt nicht mehr um Althea oder Marina. Es war mehr wie ein Verlangen oder wie ein Magnet, der mich anzog.
Ein Magnet? Es schnürte mir die Kehle zu, als ich an den Sog dachte … Aber das hier konnte doch nicht zum Dreieck führen. Wir waren im Inneren der Insel. Hier gab es keine Strömungen, keine Gefahr.
Shona spähte in den Tunnel. Im Schein der Kristalle leuchteten ihre Augen. Ich konnte sehen, wie hin- und hergerissen sie war. »Wir schauen nur schnell rein, sehen nach, was da drin ist, dann kehren wir um«, sagte sie schließlich.

»Abgemacht!«

Wir quetschten uns vorsichtig in das Loch und glitten durch die stille Dunkelheit. Ich voran, Shona dicht hinter mir. Das Wasser wurde kälter, während wir uns tiefer in den Felsen hineinbewegten. Die Wände wurden zerklüftet und kantig.

Und dann hörte er plötzlich ohne Vorwarnung auf. Eine Sackgasse.

»Und jetzt?«, rief ich Shona zu.

»Wir kehren um. Wir haben reingeschaut. Hier ist nichts. Und ich bin noch nicht mal überrascht oder enttäuscht. Los, komm.«

Wieso hörte er plötzlich auf? Ich war *sicher*, dass er irgendwo hinführen musste. Ich tastete das Gestein vor mir ab. Es fühlte sich anders an als die Wände. Glatter. Ich ließ die Hände zentimeterweise darübergleiten. Da fiel mir auf, was anders war.

»Shona! Das ist ein großer Findling!«

»Was?«

»Etwas versperrt den Tunnel. Sieh mal, der ist anders als die Tunnelwände. Fühl doch mal.«

Shona quetschte sich an mir vorbei, um den Felsblock zu betasten.

Ich ließ die Hände über die Ränder gleiten. »Da ist ein Spalt drum herum.« Der Findling hatte fast die gleiche Form wie der goldene Stein am Anfang des Tunnels. »Vielleicht können wir ihn auch rauslösen.«

Shona sah mich an.
»Lass es uns doch einfach versuchen.«
»Warum lasse ich zu, dass du mich zu diesem ganzen Unsinn überredest?«, sagte sie und seufzte wieder.
»Vielleicht, weil du es auch spüren kannst? Weil da unten etwas ist, das dich vor Aufregung ganz kribbelig macht? Weil wir das letzte Mal, als wir auf Erkundungsreise gegangen sind, schließlich meinen Vater gefunden haben? Weil unsere Freundschaft mit sich gebracht hat, dass du auf einer wunderschönen einsamen Insel leben kannst? Weil …«
»Schon gut, es reicht«, sagte Shona mit leicht zusammengezogenen Augenbrauen, aber einem schwachen Lächeln. »Halt die Kiemen dicht. Wir machen es.«
Der Findling kam nicht so leicht heraus wie der Goldstein am Anfang des Tunnels. Wir ruckelten und drückten, aber nichts passierte. Oder so gut wie nichts. Der Felsblock bewegte sich etwas und wackelte vor und zurück, als hinge er in Scharnieren, aber wir konnten ihn nicht verschieben.
»Es hat keinen Zweck«, keuchte Shona. »Wir kriegen ihn nie raus.«
»Wir müssen uns das Wackeln zunutze machen. Ihn in Fahrt bringen. Sieh mal, er wankt. Wenn wir beide von oben drücken, kippt er vielleicht um. Warte, bis ich das Zeichen gebe. Auf drei. Bist du bereit?«
Shona nickte, ohne mich anzusehen.

»Eins.« Ich tastete herum, um einen besseren Halt zu bekommen.

»Zwei.« Ich streckte die Schwanzflosse aus, um mich im entscheidenden Moment so fest wie möglich abstoßen zu können.

»Drei!«

Stöhnend und keuchend schoben und strampelten und stießen wir.

»Jetzt lass los!« Der Felsblock wankte weg von uns, dann wieder zurück. »Und noch mal.« Wir schoben wieder, und er ruckelte erneut ein wenig. Immer wieder schoben und stießen wir dagegen, bis er endlich anfing, sich zu lösen.

Da hörte Shona plötzlich auf. »Mir reicht es. Ich kann nicht mehr.«

»Aber wir haben es fast geschafft!«

»Ich will zurück«, sagte sie. »Ich will nichts damit zu tun haben.«

»Was ist denn das Problem?«

»Das Problem ist, dass wir nicht wissen, was dahinter ist!«

»Eben! Aber da ist was, nicht? Ich kann fast spüren, wie es in meinem Körper kribbelt.«

»Ich auch. Und es gefällt mir nicht, Emily. Es ist kein gutes Gefühl. Ich will nicht wissen, was es ist, und ich will weg, ehe dieser Tunnel über uns zusammenkracht.«

»Das ist doch nur ein Felsbrocken. Der bricht nicht über uns zusammen.«

Aber Shona wandte sich ab.
»Nur noch ein Stoß.«
»Du kannst ja stoßen und schieben, wenn du willst. Ich verschwinde.«
»Na prima.« Ich wandte mich wieder dem Felsbrocken zu. Er hing nur noch schräg vor der Öffnung. Ich konnte ihn wahrscheinlich allein wegstoßen. Ich wusste nicht einmal, warum ich es noch machte. Aber ich wusste, dass wir nicht so weit gekommen waren, ohne nun herauszufinden, was da unten war. Es war vielleicht unsere einzige Chance. Da befand sich doch etwas. Ich konnte es spüren! Tiefe Schwingungen vibrierten rhythmisch durch die Höhle. Was konnte das sein?
Mit der Kraft der Verzweiflung wirbelte ich meine Schwanzflosse herum, so schnell ich konnte, stemmte mich mit meinem ganzen Gewicht gegen den Findling und drückte.
Ganz langsam kippte er, im Rhythmus der Wellen schwankend, ehe er schließlich umfiel: ein riesiger, glatter, ovaler Felsbrocken, der vor unseren Augen hinab- und davonrollte, fast wie in Zeitlupe. Das Wasser um uns begann aufzuwallen. Der Felsbrocken rollte weiter und stürzte durch das Wasser in die Tiefe.
Es war, als ob man einen Schneeball einen Berg hinunterrollt, und er wird immer größer. Am anderen Ende des Tunnels braute sich was zusammen, unter uns, unter der Insel, tief im Felsinneren.

»Ich hab dich ja gewarnt, ehrlich!«, kreischte Shona. »Die Höhle stürzt ein! Wir sitzen in der Falle!«

»Es ist nichts passiert. Schau doch.« Ich versuchte, ruhig zu bleiben. Der ganze Tunnel war noch völlig intakt. Nur jenseits des Tunnels schäumte und wirbelte das Wasser auf. Und da war noch etwas: etwas Unsichtbares. Die Schwingungen hatten sich in ein tiefes Grollen verwandelt, tief unter uns. Da unten war etwas. Etwas, das nicht mehr ganz so aufregend erschien. Was mochte es sein?

»Was geht da vor sich?«, schrie Shona.

»Das ist nur … der Felsbrocken stürzt in die Höhle hinunter«, sagte ich mit viel mehr Mut, als ich hatte. »Es ist alles in Ordnung. Bleib ganz ruhig. Das hört gleich wieder auf.«

Der Felsbrocken stürzte weiter, und das Getöse wurde allmählich schwächer. Sand und kleine Steinchen flogen um uns herum, einige wirbelten sanft durch das Loch in die Höhle.

Und dann hörte es auf. Kein Getöse mehr. Keine wirbelnden Sandwolken oder Steine, nichts stürzte mehr. Absolute Stille.

Totale Stille. Eine ziemlich unheimliche Stille.

Ich lächelte Shona nervös zu. »Siehste«, sagte ich. »Hab doch gesagt, dass nichts passiert.«

Und dann hörten wir es. Das Grollen. Nicht mehr das aufgeregte Flattern in der Magengegend oder die durchdringenden Schwingungen, die wir uns vielleicht nur eingebildet hatten. Das hier war ganz, ganz echt. Und es wurde lauter. Schon bald durchschnitt ein tosender Lärm die Höhlen, der immer gewaltiger wurde und auf uns zugerollt kam. Ich konnte mich nicht rühren. Ich sah Shona an. Ihre Lippen bewegten sich – aber ich konnte nichts hören. Das Grollen verwandelte sich in ein hohes Heulen und schrie und gellte durch das Loch in den Tunnel. Ich schlug die Hände auf die Ohren.

Das Nächste, an das ich mich erinnerte, war, dass Shona mich bei einer Hand packte. Sie zerrte sie von meinem Kopf weg. »WIR MÜSSEN HIER RAUS!«, schrie sie mir ins Ohr. »UND ZWAR SCHNELL!«

Ich wusste nicht mehr, wie man sich bewegt. Mein Fischschwanz, meine Arme, alles war komplett erstarrt.

»Komm schon!« Shona zerrte mich am Arm und zog mich hinter sich her. Mein Körper ruckte und reagierte, und wir katapultierten uns durch den Tunnel, als hinter uns eine Explosion durchs Wasser knallte.

Ich drehte mich um und sah, wie das Ende des Tunnels einbrach und sich auflöste. Steine fielen und polterten ins Wasser und wirbelten Sand und Blasen auf, Wolken bauschten sich auf und ergossen sich über den Meeresboden wie Lava.

Etwas schlängelte sich in den Tunnel und tastete herum.

O Gott! Was war es nur? Ein riesiger Schlauch, fast so dick wie der Tunnel selbst: schleimig und dunkelgrün. Eine Seite war gummiartig und glänzend, dann wand sich das Ding und drehte sich um, und die Unterseite war grau und von schwarzen Flecken bedeckt. Sie sahen wie riesige Warzen aus. Dazwischen saßen große, dicke Saugnäpfe, die sich an den Wänden festsaugten wie die Saugnäpfe an dem Seifenhalter, den Mum in der Dusche hat, nur ungefähr fünfzigmal so groß – und hundertmal ekliger.

Der Schlauch schlug und schlingerte herum und peitschte wie wild auf die Wände ein, wobei er uns immer näher kam. Ein eisiger Pfahl schien mich zu durchbohren und festzunageln.

Das sirenenartige Geräusch schrillte wieder durch die Gänge, während das schlauchige Ding sich durch unseren Tunnel tastete. Es kam näher!

Irgendjemand hörte nicht auf zu kreischen.

Shona schüttelte mich. »Emily, du musst dich zusammenreißen!«, schrie sie. Das Kreischen hörte auf. Ich selbst war das gewesen. Shona zog mich durchs Wasser. »Schwimm um dein Leben!«

Wir warfen uns in den Tunnel und ließen die Arme wie Windmühlenflügel in einem Tornado kreisen. Während wir schwammen, warf ich kurze Blicke zurück. Der Schlauch peitschte um sich und kam näher wie ein riesiger Wurm. Er riss die Tunnelwände ein und verdoppelte meine Panik.

Indem ich mich schneller vorwärtsstieß als je in meinem Leben, schleuderte ich mich durch den Gang, bis ich schließlich die erste Höhle erreichte. Um uns stürzten die Felswände ein, während wir schwammen.
Das Ding griff durch den Tunnel nach uns! Nein! Das Ende lief spitz zu und war blutrot und bedeckt mit braunen Haarbüscheln, die umherwirbelten, während es sich im Tunnel vorantastete. Als wir die Höhle durchschwammen, um den nächsten Gang zu erreichen, der uns hier herausführen würde, glitt es weiter und weiter aus dem Tunnel heraus.
ZACK! PENG! Der Monsterwurm schlug gegen die Decke und die Wände und den Boden der Höhle und ließ sie nach und nach einstürzen. Fast hatte er uns erreicht.
Schwimm! Schwimm! Schneller!
Als wir uns in den nächsten Gang hievten, warf ich wieder einen Blick zurück. Der riesige Wurm war nicht allein. Es waren noch mindestens drei andere da, vielleicht sogar mehr, die alle die Wände der Höhle abtasteten, durch das Wasser peitschten und nach uns griffen. Schleimige, schuppige Fangarme. Was war das nur? Ein Riesenkrake? Ein Schrei blieb mir stumm im Hals stecken. Shona war praktisch nicht mehr zu sehen. Sie war zwar dicht vor mir, aber das Wasser war von den herumwirbelnden Steinen getrübt. *Nur noch eine Biegung, eine Biegung,* sagte ich mir immer wieder, während ich den langen, schmalen Tunnel durchpflügte.

Dann steuerte ich auf den Ausgang zu. Fast geschafft! Während ich keuchte und nach Luft rang, verließ mich allmählich die Kraft. Da wand sich auch schon einer der Fangarme durch den Gang. Er berührte mich! Iii-gittt! Gummiartiger Schleim streifte meinen Arm. Auf der Stelle verdreifachte ich mein Tempo.

Einen Augenblick später war ich draußen. Hatte den Tunnel hinter mir! War in dem Meeresarm zwischen den steilen Wänden. Sonnenlicht!

Shona war schon dort, sie keuchte und schnappte nach Luft.

»Es hat mich berührt! Es hat mich berührt!«, kreischte ich.

»Schwimm weiter«, sagte sie nur.

Aber ich sah mich um. Und jetzt entdeckte ich etwas, das mir vorhin entgangen war.

»Shona!«

»Ich hab doch gesagt, schwimm …«

»Schau doch.« Ich deutete auf die Felswand. Wie konnte ich es vorher übersehen haben? Eingeritzt in die Wand. Ein Dreizack. Neptuns Dreizack!

Wir schwammen weiter und scheuchten Schwärme winziger gelber Fische auf, während wir den Meeresarm durchpflügten. Zurück in die Lagune und durch den Spalt am anderen Ende. Während ich mich umwandte, um den Schilfvorhang wieder zu schließen, fielen mir die hölzernen Planken auf. Sie waren von Seetang überwuchert,

aber darunter war etwas zu sehen. Ich rieb die Algen und den Tang weg – und konnte es erkennen: wieder der Dreizack. Wir waren in Neptuns eigenes Gebiet eingedrungen! Kein Wunder, dass Althea und Marina es nicht gewagt hatten hierherzukommen. Wie hatten sie uns in diese Falle schwimmen lassen können? Wussten sie denn nicht, wie Neptun war? Dass sein Zorn Wirbelstürme hervorrufen oder ganze Inseln zerstören konnte? Inseln zerstören! Vielleicht würde er das jetzt tun!
Was hatten wir da angestellt?

Shona schwamm voraus. Ohne ein Wort zu sagen, holte ich sie ein. Während wir schweigend dahinschwammen, konnte ich kaum glauben, dass all das wirklich passiert war. Alles um uns war ganz still und ruhig. Nicht eine Bewegung. Wir hielten an und lauschten.
»Es ist uns nicht gefolgt«, sagte ich lahm. »Wir sind in Sicherheit. Es ist in Ordnung.«
Shona sah mich nur an. Es lag etwas in ihrem Blick, das ich noch nie gesehen hatte: eine gewisse Härte in ihren Augen. »Denkst du wirklich, Emily?«, sagte sie. »Denkst du das wirklich?«
Dann wandte sie sich ab und schwamm weiter. Auf dem ganzen Heimweg sagte sie kein Wort mehr.

Ich weiß ja nicht, wie es euch geht, aber das hier entspricht *nicht* meiner Vorstellung von einer Luxuskreuzfahrt!

Swimmingpool? Dass ich nicht lache. Essen und trinken ohne Ende? Ähm, hallo? Ein riesengroßes Schiff? Ja, ganz bestimmt!

Man hat uns reingelegt. Unsere einmalige Ferienreise, voller *Magie* und *Verzauberung,* stellt sich heraus als zweiwöchiger Törn auf einem alten Wrack von einem Segelschiff, mit niemandem außer mir, Mum, Dad und einem alten Kerl als Kapitän. Genial.

Es gibt absolut null Ablenkung. Wir sind jetzt seit – na, vielleicht zwei Tagen auf See, aber man verliert das Zeitgefühl, weil eine todlangweilige Sekunde sich nicht von der nächsten unterscheidet. Das verzeihe ich meinen Eltern *nie*. Vor allem Dad nicht. Warum musste ihm diese blöde Zeitschrift nur in die Hände fallen?

Er ist der Einzige, der Spaß hat. Mum hat bisher die ganze Zeit unter Deck verbracht, sie kocht, schläft und wird gelegentlich grün und rennt an die Reling, um sich zu übergeben. Warum ich meine Zeit verschwendet und geglaubt habe, wir würden eine glückliche Familie werden, das weiß der Himmel. Wann kapiere ich endlich, dass mir *nie* etwas Gutes zustößt?

Wenn es nur irgendwann mal geschehen würde. Nur *ein* Mal.

Selbst der Kapitän verzieht die meiste Zeit unwirsch sein Maul. Steht nur am Ruder und schaut aufs Meer hinaus. Ist ja auch nichts anderes zu sehen. Er redet kaum mit uns. Er muss mindestens fünfzig sein, deshalb hab ich gar keine Lust, mich mit ihm zu unterhalten. Aber er könnte es ja wenigstens mal versuchen.

Dad scheint gar nicht zu merken, dass wir anderen die grässlichsten Ferien unseres Lebens verbringen. Wenn er sich wenigstens ein bisschen um Mum kümmern würde. Aber er ist viel zu sehr damit beschäftigt, dauernd mit einem Fischernetz herumzulaufen und die blödesten Sachen toll zu finden.

Wie jetzt zum Beispiel. Ich liege an Deck und lese eine Zeitschrift – oder versuche es zumindest. Das ist nicht gerade leicht, wenn man so auf und ab schaukelt und auf Wellen achten muss, die über Bord schwappen. Dad steht neben mir an Deck und lehnt sich mit einem Fernglas über die Reling. Er trägt quietschgelbe Shorts, und sein Rücken ist passend dazu feuerrot.

Plötzlich richtet er sich auf. »Mandy, Schätzchen, komm und schau mal. Schnell!«

Ich lege die Zeitschrift weg. Vielleicht hat er den Kreuzfahrtdampfer entdeckt, auf dem wir eigentlich sein sollten. Vielleicht war das hier ja nur ein Scherz, und wir sind schon auf dem Weg zu unseren richtigen Ferien auf einem richtigen

Schiff! Ich schaue aufs Meer hinaus. »Da ist doch gar nichts, Dad.«

»Warte. Sie macht es sicher gleich wieder.«

Es stellt sich raus, dass er 'ne Schildkröte gesehen hat. Eine Schildkröte! Also bitte, wie *toll!*

Ich beschließe reinzugehen. Drinnen ist es vielleicht noch langweiliger, aber wenigstens will Mum mich nicht davon überzeugen, dass ich einen Riesenspaß habe.

Irgendwas hält mich allerdings zurück. Ich drücke mich gerade an unserem Kapitän vorbei und will die Kajütentür öffnen, als mir etwas auffällt. Keine blöde Schildkröte. Eine – wie soll ich sagen – eine Art von Nichts. Direkt vor uns ist alles dunkel. Das Meer sieht schwarz und schimmernd aus, und der Himmel darüber ist plötzlich mit dicken Wolken bedeckt. Na super. Das fehlt noch, ein Unwetter.

Ich sehe den Kapitän an. Er hat die Mütze abgesetzt und reibt sich die Augen.

»Was ist das?« Ich trete zu ihm ans Ruder.

»Sieh nur!« Er deutet auf seine Armaturen. Es sind Zahlen drauf, aber sie rattern nur so durch, und man kann nichts davon ablesen.

»Was hat das zu bedeuten?«

Er bückt sich, um die Anzeigen genauer zu beobachten. »Sie sollten eigentlich mehr oder weniger gleich bleiben«, sagt er. »Vielleicht ist irgendwo ein Wackelkontakt.«

»Und was ist damit?« Ich nicke zu dem Kompass hinüber. Die Nadel dreht sich wie verrückt.

Der Kapitän wischt sich mit der Mütze die Stirn ab. Schweißtropfen rinnen ihm übers Gesicht. »Ich hab keine Ahnung, was da los ist.« Seine Stimme zittert. »Das ist schon einmal passiert. Das ist ... Wir müssen dringend weg hier!«
Das Boot steuert auf die Dunkelheit zu. Und ich weiß nicht, warum ich nicht schon eher daran gedacht habe, aber plötzlich fällt mir ein Text aus dem Englischunterricht ein, über das Bermudadreieck. Der Titel davon war *Der Friedhof im Ozean,* und der Text handelte von den vielen Schiffen, die in das Bermudadreieck gesegelt und nie zurückgekehrt sind.
Das Bermudadreieck. Sind wir etwa dort?
Ich werfe einen Blick hinüber zu Dad auf dem Achterdeck. Er glotzt immer noch durch sein Fernglas.
»Dad?«
»Warte mal, ich glaube, gleich taucht noch eine auf.«
»Dad!«
Er lässt das Fernglas sinken. »Was?«
Ich deute nach vorne auf die Dunkelheit. Wir kommen ihr immer näher. Es ist, als ob wir von der Stelle, wo das Wasser so bewegungslos und schwarz aussieht, angezogen würden.
Dad dreht sich um. »Heilige Mutter ... Was ist das?«
Wie gelähmt sehen wir schweigend zu, wie das Boot langsam an Fahrt gewinnt und auf die glasige schwarze Fläche zusegelt. Ich bemerke nicht, wie Mum von unten auftaucht, aber irgendwann wird mir bewusst, dass sie auch bei uns ist. Das Boot neigt sich auf eine Seite, während wir durch das Wasser rasen.
»Wir werden untergehen«, sagt Mum plötzlich. Fast ruhig.

»Nur über meine Leiche!« Der Kapitän packt das Ruder und reißt es so heftig herum, wie er kann. Aber es ändert sich kaum etwas. Seine Wangen sind blaurot angelaufen. »Festhalten!«, schreit er.
Wir kommen dem stillen schwarzen Wasser immer näher. Es zieht uns seitlich an wie ein Magnet. Wir neigen uns immer mehr zur Seite. Gischt schäumt über die Reling. Das Schiff beginnt zu schaukeln.
Mum ist auf die Knie gefallen. Der Kapitän dreht heftig am Ruder herum. Ich klammere mich am Mast fest und strecke Mum eine Hand hin. »Halt dich an mir fest!« Gischt schlägt mir ins Gesicht, während das Boot immer weiter auf die Seite kippt. Mum greift nach mir, und unsere Fingerspitzen berühren sich schon fast, da rutscht sie über das Deck.
»Maureen!« Dad lässt die Reling los, um nach ihr zu greifen. Er hält sie mit einem Arm fest und klammert sich mit der anderen Hand an die Reling. Er hat den Arm um sie gelegt – endlich. Allerdings wollte ich nicht, dass es auf diese Weise geschieht.
Der Kapitän ruft uns etwas zu. Er dreht das Ruder in eine Richtung, dann in die andere. Es nützt überhaupt nichts. Ich kann nicht verstehen, was er sagt. Ich glaube, ich schreie selbst. Aber ich weiß nicht mal, was ich schreie. Überall ist Wasser. In Seitenlage drehen wir uns auf die glasige Fläche zu, der Mast voran. Der Kiel des Schiffes ragt schon fast aus dem Wasser.
Alles versinkt in Dunkelheit, Wasser, Rufen und Schreien. Wir werden sterben! Hier draußen in der Wasserwüste, ganz allein! Eine absolut dämliche Art zu sterben. Ich schließe die Augen

und warte darauf, dass das Schiff in der schwarzen Fläche versinkt.
Und das tut es.
Oder zumindest *fast*.
Wir liegen wippend auf der Seite, als plötzlich ein Beben und Rütteln durch das Boot geht. Es richtet sich wieder auf. Was ist los? Es schlingert und schaukelt ein bisschen, das ganze Deck ist unter Wasser, und ich bin völlig durchnässt, aber wir richten uns wieder auf. Wir werden doch nicht sterben! Wir sind gerettet! Alles wird ...
Doch da sehe ich Dads Gesicht, aschfahl und verzerrt, als wäre er plötzlich um dreißig Jahre gealtert. Er starrt auf etwas, das hinter mir ist.
»Sag bloß nicht, dass du schon wieder 'ne Schildkröte gesehen hast«, sage ich mit zitternder Stimme.
Da geht wieder ein Ruck durch das Boot, und ich falle zu Boden. Und nun sehe ich auch, wie es sich aus dem Wasser erhebt.
Was ist das denn?
Zuerst riesige Stoßzähne, die sich wie überdimensionale Bajonette aus dem Wasser erheben. Darunter eine olivgrüne, rüsselartige, endlos lange und mit Geschwüren übersäte Schnauze. Das Wesen ist größer, als der Mast des Schiffes hoch ist. Es verdeckt fast die Sonne. Kalter Schrecken fährt mir in die Knochen. Auf beiden Seiten seines Kopfes sitzen riesige weiße Augen, die hervorquellen wie zwei dicke, fette Vollmonde. O Gott!
Unermesslich lange Fangarme peitschen über das Wasser und

greifen um sich in die Luft, khakigrüne, fettige Dinger, bis zur Spitze mit Saugnäpfen übersät, wedeln und spritzen herum und verwandeln das Meer in einen Hexenkessel. Wir drehen uns darauf zu.

Ich versuche zu schreien, aber alles, was ich zustande bringe, ist eine Art trockenes Glucksen. Wir werden in etwas hineingesogen, in einen Strudel, und um uns herum erheben sich unzählige Fangarme.

Und dann schreit Mum. Ich glaube, ich schreie auch. Einer der Fangarme richtet sich hoch in die Luft auf, stürzt dann auf unser Boot nieder und packt den Mast.

Ich schreie nach Mum. Das Boot liegt wieder auf der Seite. Wo ist Dad?

Überall Wasser, ein furchtbares Krachen und dann …

4

Shona redete die ganze Woche nicht mit mir. In jener ersten Woche in unserem neuen Zuhause. Es hatte doch ein neuer Anfang werden sollen, ein wahr gewordener Traum. Stattdessen wurde es zur schlimmsten Woche meines Lebens.

Sie fing an, mit Althea und Marina herumzuhängen. Wie konnte sie nur, nachdem die beiden uns so hereingelegt hatten! Vielleicht fand sie, jede andere sei besser als ich. Und vielleicht hatte sie recht. Schließlich war ich ja die Idiotin, die es endlich geschafft hatte, mit beiden Eltern leben zu dürfen, die ein neues Leben auf einer Insel voller Meerleute und mit einem glitzernden, türkisfarbenen Meer und weißen Sandstränden bekommen hatte – und was tat ich? Ich konnte den Gedanken daran nicht ertragen.

Und trotzdem konnte ich an nichts anderes denken. Ich vergaß darüber sogar die Angst vor dem Schulanfang. Wie alles andere überstand ich ihn wie in Trance. Ich konnte mich nicht mal über die Stunden freuen, in denen ich lernte, mit der Geschmeidigkeit eines Delphins zu tauchen oder mein Haar wie ein richtiges Meermädchen zu bürsten und wie eine Sirene Lieder ohne Worte zu singen. Nichts bedeutete mir etwas. Alles war verdorben von dem, was ich angestellt hatte, und überschattet von der ständigen Angst vor den Folgen.

Eines Abends besuchten uns Millie und Archie. Millie starrte mich während des ganzen Essens an. »Ist alles in Ordnung mit dir?«, fragte sie und tat sich eine riesige Portion Eis auf.

Mum wandte sich zu mir um und hob mein Kinn an. »*Ist* alles in Ordnung, Herzchen?«, fragte sie sanft. »Du bist immer so still.«

»Mir geht's gut!«, sagte ich knapp. »Wieso auch nicht?«

»Deine Aura sieht grau und fleckig aus«, sagte Millie. »Das bedeutet gewöhnlich, dass man gegen Dämonen im eigenen Kopf ankämpft.«

Dad brach in Gelächter aus. »Glaube kaum, dass meine Kleine gegen Dämonen eine Chance hätte«, sagte er lächelnd. Millie starrte ihn unwillig an.

Ich stand auf, um das Geschirr abzuräumen. Egal wie, nur weg vom Tisch. Aber in diesem Moment krachte eine Welle gegen den Bug, und das Boot schaukelte so heftig, dass die Hälfte des Geschirrs zu Boden fiel und ich in den Stuhl zurückgestoßen wurde.

Archie und Dad stürzten nach draußen, um nachzusehen, was geschehen war, während ich Mum und Millie half, die Scherben aufzusammeln.

»Eine Monsterwelle«, sagte Archie und zog das Haar hinter seinem Kopf zusammen, während sie durch die Bodenluke zu uns zurückkamen. »Die waren in letzter Zeit irgendwie häufig. Ich frage mich, warum?« Er schien mich durchdringend anzusehen, während er das sagte. Vielleicht bildete ich mir das auch nur ein. Was konnte eine Monsterwelle mit mir zu tun haben?

Am Freitagmorgen holte Shona mich auf dem Weg zur Schule ein. Einen kurzen Augenblick überlegte ich, ob sie sich wieder mit mir versöhnen wollte, aber ihr Blick verriet das Gegenteil. Ihr Ausdruck war so wie meiner, wenn ich vor einem Teller mit Erbsenbrei sitze oder eine Spinne in der Nähe ist.

»Hast du irgendjemand davon erzählt?«, fragte sie und zog mich in eine winzige Höhle, die von dem Haupttunnel zur Smaragdhöhle abging.

»Nein! Ich wüsste gar nicht, was ich sagen sollte. Was sollen wir bloß machen?«

»*Wir?*« Sie starrte mich an. »*Ich* wollte ja nicht mal in den blöden Meeresarm reinschwimmen. *Ich* wollte gar nicht in die Höhle. *Ich* wollte den Felsblock nicht lockern. *Ich* mache überhaupt nichts!«

Eine Träne brannte mir im Augenwinkel. So hatte ich Shona noch nie erlebt. »Na gut, was soll *ich* dann machen?«

»Ich finde nicht, dass wir überhaupt was sagen sollten«, erwiderte sie etwas sanfter. »Wir vergessen es einfach, okay?«

»Vergessen?«

»Wir tun so, als sei es nicht geschehen. Was es auch war, es ist wohl dahin zurückgekehrt, wo es hergekommen ist. Es ist uns nicht gefolgt. Lass uns also nichts sagen. Bitte!«

»Aber was ist, wenn –«

»Emily, denk doch mal nach. Wir sind ganz neu hier. Willst du, dass uns jeder verabscheut, ehe wir überhaupt die Gelegenheit hatten, neue Freundschaften zu schließen?«

»Natürlich nicht. Aber –«

»Nichts *aber*. Wir lassen es einfach auf sich beruhen. Bitte, Emily.«

Ich nickte. »Okay.« Ein Tropfen Wasser fiel von der Decke zwischen uns in das Becken. »Du bist doch immer noch meine beste Freundin, nicht?«, fragte ich sie, als wir uns wieder in den Tunnel begaben.

Shona wich meinem Blick aus. »Lass uns einfach ganz normal tun, in Ordnung?«

Ein paar Meerjungen kamen den Tunnel entlang. Shona lächelte ihnen zu, als sie auf unserer Höhe waren, dann schwamm sie mit ihnen weiter. Ich folgte ihnen und tat so, als würde ich etwas aus meiner Tasche holen.

Wir waren nicht weit gekommen, als ich feststellte, dass das Wasser um mich zu schwappen und zu strudeln begann. Es wurde immer heftiger und wirbelte herum. Ich

versuchte vorwärtszukommen, wurde aber an die Seitenwand geschleudert.
Die Höhlen bebten. Ein dünner Tropfstein brach von der Decke herab und hätte mich fast getroffen. Ich zuckte zurück und schürfte mir den Rücken an der Felswand auf. Innerhalb von Sekunden stoben lauter Meerleute aus den Höhlen.
»Schnell – raus!«, rief ein Meerjunge, der an mir vorbeischoss.
Das musste er mir nicht zweimal sagen. Wir strömten durch die Tunnel hinaus ins offene Meer. Draußen hatten sich schon andere Meerleute versammelt. Einer schwamm zwischen ihnen herum, redete mit einzelnen Gruppen und forderte sie auf weiterzuschwimmen. Dann wandte er sich um, und ich sah sein Gesicht. Archie!
Was war eigentlich los?
Ich schwamm zu ihm hinüber. Er sah kaum auf. »Schwimm einfach hinter den anderen her«, sagte er ernst. »Wir treffen uns in den Großen Höhlen.«
In den Großen Höhlen? Von denen Marina uns erzählt hatte? Aber waren das nicht die für ganz besondere Anlässe?
Wie benommen folgte ich den anderen. In meinem Kopf drehte und wirbelte es herum wie im Meer.

Als ich in die Großen Höhlen kam, zog ich erstaunt die Luft ein. Unglaubliche Formen hingen um uns herum: auf dem Kopf stehende Wälder, erstarrte Pfeilbündel, die nur darauf zu warten schienen, gemeinsam herabzufallen, lange, hauchdünne Blätter, die wie Dinosaurierflügel aussahen. Von majestätischen Felsbrocken an der Decke fielen Tropfen in das Becken und machten Geräusche wie Kirchenglocken.

Vor mir erhob sich eine steinerne Plattform über das Wasser. Auf einer Seite ragten dicke Marmorsäulen aus der Tiefe des Wassers bis zur Decke empor. Sie waren von gerüschten Leisten gesäumt, die wie Zuckerguss auf einem Kuchen aussahen. Auf der anderen Seite erhob sich der Fels wie eine Steilwand mit Tropfsteinen, die in dicken Bündeln beieinanderstanden. Dazwischen glimmten Laternen, die ein schimmerndes Licht über dem Becken verbreiteten, wenn sie wackelten. Die Wände bebten noch immer. Es konnte doch nicht sicher sein, sich hier aufzuhalten, wenn es ein Erdbeben gab?

Ich sah mich um nach jemandem, den ich kannte. Shona war verschwunden. Wahrscheinlich mit Althea und Marina zusammen, dachte ich unglücklich.

Vor mir teilte ein langer hölzerner Laufsteg das klare, tiefblaue Becken. Ein paar Menschen liefen vorsichtig darüber. Da entdeckte ich Mum. Sie war also auch hier und ging unsicher mit Millie über den Steg.

»Mum!«

Sie sah auf und winkte mir kurz zu, dann hielt sie sich rasch an dem Geländer fest, denn die Höhlen bebten erneut. Sie deutete hinauf zu den Steinbänken, die sich hoch oben an den Wänden der Höhle entlangzogen. Ich überlegte, ob ich aus dem Becken steigen und zu ihr gehen sollte. Aber da krachte ein weiterer mächtiger Donnerschlag durch die Höhlen und drückte mich unter Wasser.

Ich schnappte nach Luft und blieb im Wasser. So schlimm war es unter Wasser nämlich nicht: ein bisschen wie in einem Whirlpool. Es hätte sogar fast angenehm sein können, abgesehen von der Tatsache, dass ich keine Ahnung hatte, was los war. Meine beste Freundin redete nicht mit mir, und die Insel um uns herum schien auseinanderzubrechen.

Als ich wieder auftauchte, entdeckte ich Shona mit Althea und Marina. Wusst' ich's doch! Ein Stich der Wut durchfuhr mich. Das war nicht fair! Schließlich war ich nicht allein in der Lagune gewesen. Sie hatte sich genauso falsch verhalten wie ich. Fast. Also, ich hatte sie doch schließlich nicht gezwungen mitzukommen. Und die anderen beiden hatten es überhaupt erst vorgeschlagen! Sie sah auf, und unsere Blicke trafen sich für eine Sekunde. Ich lächelte fast. Da sagte Althea etwas zu ihr, und sie wandte sich ab. Sie sah nicht wieder her. Verräterin.

Das hier war ja schlimmer als in der Schule in Brightport! Da hatte ich mich nachts wenigstens davonstehlen und Shona treffen können. Jetzt hatte ich sie verloren, und alle

drei schienen gegen mich zu sein. Es war ja so ungerecht! Ich wäre besser dran, wenn ich nach Brightport zurückgehen würde, dachte ich mit schwerem Herzen und brennenden Augen.
Aber ich konnte mich nicht lange mit diesen Gefühlen aufhalten. Alle Gedanken wurden aus meinem Kopf katapultiert, als die Höhlen von einer weiteren Explosion heftig erschüttert wurden. Eine Säule, die aussah, als sei sie aus Marmor, stürzte mit einem mächtigen Klatschen ins Wasser. Tropfsteinwälder bebten und erzitterten. Ich blickte hinauf und sah, wie Mum sich an der Bank festklammerte. Millie hielt sie am Arm und sah ganz gelassen aus. So gelassen, wie jemand eben aussehen kann, der auf einer Steinbank sitzt, die wie ein Pferd beim Rodeo buckelt.
Wo war Dad? Ich ließ den Blick über das Becken gleiten. Dann sah ich ihn. Mit panikartigem Gesichtsausdruck eilte er durch das Becken.
»Emily!«, schluchzte er und zog mich an sich.
Ich klammerte mich an ihn, während die Höhlen krachten und um uns einbrachen. Der Lärm wurde lauter, wie Donnerschläge, die direkt über unseren Köpfen tosten und aus allen Richtungen kamen.
Und dann geschah etwas. Etwas beinahe Vertrautes. Ich ahnte fast, dass es kommen würde – ich erinnerte mich ziemlich gut aus einer anderen Situation daran.
Das Beben hörte auf.
Einfach so.

Die plötzliche Stille war fast genauso erschreckend wie das wilde Rumpeln davor, das Menschen durcheinandergewirbelt und Meerleute unter Wasser gedrückt hatte. Ich klammerte mich so fest an Dad, dass es ihm weh tun musste. Er hielt mich eng an sich gedrückt.

»Da!«, rief jemand aus. Ich wandte mich um und folgte dem Blick der anderen. Die Höhlen brachen auseinander! Ein Spalt tat sich vom Grund her auf, und der Felsen wackelte und ächzte, während er bröckelnd auseinanderbarst. Das ganze Ding würde über uns einbrechen. Wir würden lebendig begraben!

Doch schon bald merkte ich, dass sich sonst nichts bewegte. Nur ein Bereich der Höhlen teilte sich, als öffnete sich eine Geheimtür. Als ob jemand sie aufstieß. Oder etwas.

Oder Neptun.

Der Felsen war weit und hoch genug aufgerissen, um einen breiten Sonnenstrahl hereinfallen zu lassen. Ich musste die Augen zukneifen.

Als ich wieder hinsah, entdeckte ich ihn. Er kam, umhüllt von Sonnenstrahlen, in die Höhle gefahren. Erst erschienen die Delphine, dann der prächtige goldene Wagen, der Neptun in die Höhle trug.

Ich hätte ja wissen müssen, dass er mir auf die Schliche gekommen war! Shona musste doch etwas verraten haben. Sie hatte mich ganz und gar im Stich gelassen. Wie konnte sie nur?

Die Delphine zogen Neptun in die Mitte der Höhle und

schwammen dann in die Ecken zurück, um uns wie Wächter zu umringen. Archie schwamm neben dem Wagen her. Neptun wartete, bis es still war, dann erhob er sich aus seinem Sitz und hielt seinen Dreizack in die Luft. Als er ihn über seinem Haupt hin und her schwenkte, schloss sich der Spalt wieder, und eingeschlossen mussten wir seinen Zorn über uns ergehen lassen. Den kannte ich zur Genüge. Zu wissen, dass ich mich ihm wieder stellen musste, reichte fast, um die Hoffnung ganz aufzugeben.

Neptun sah sich um. »WISST IHR, warum ich hier bin?«, fragte er mit tiefer, ernster Stimme. Seine Worte hallten vielfach wider: *WISST IHR, warum ich hier bin … WISST IHR, warum … WISST, wisst …*

Keiner wagte zu antworten. Keiner wusste es. Fast keiner. Er war meinetwegen hier, da war ich sicher. Ich versuchte mein heftiges Herzpochen zu beruhigen, ehe Dad es mitbekam.

»Ich werde noch eine Frage stellen«, rief Neptun durch die ganze Höhle. »Wisst ihr, warum IHR hier seid?«

Er verengte die Augen zu Schlitzen und sah sich um. Ich bemühte mich, möglichst unsichtbar zu werden. Glücklicherweise blieb sein Blick nicht an mir hängen.

Wieder Schweigen. Neptun schnippte mit den Fingern. Auf der Stelle erschien eine Herde von Seepferdchen am Höhlenrand. Sie versammelten sich zu einer perfekten Formation und schwammen auf ihn zu. Dann hakten sie ihre Schwänze in seinen goldenen Umhang und hielten diesen hinter ihm hoch wie eine Schleppe. Neptun setzte sich und nickte kurz. Seine mit Diamanten besetzte Schwanzflosse breitete er wie einen Fächer vor sich aus. Unverzüglich zogen die Seepferdchen sich zurück.

»Ich werde es euch sagen«, fuhr Neptun fort. »Ihr seid meinetwegen hier! MEINER Großzügigkeit wegen. Diese Insel ist nicht immer das glückselige kleine Paradies gewesen, das ihr heute vorfindet. Es war dereinst ein Ort schwerwiegender Ereignisse.«

Er schlug mit dem Dreizack auf einen Felsen. »Archibald!«

Archie schwamm auf ihn zu. Dann verneigte er sich tief und küsste die Schwanzflosse Neptuns. »Majestät«, sagte er feierlich. So hatte ich Archie noch nie erlebt. Er hatte eine goldene Kordel um seinen Fischschwanz gewickelt; sein Haar war zu einem ordentlichen Pferdeschwanz zusammengebunden, und wenn die Lichtreflexe aus dem Becken darauffielen, leuchtete es dunkelgrün auf.

»Erzähl diesen Menschen ihre Geschichte«, sagte Neptun kalt. »Es ist an der Zeit, dass sie daran erinnert werden.«

Dann setzte er sich zurück in seinen Wagen und bedeutete Archie mit seinem Dreizack, nach vorn zu treten.

Es wurde still in der Höhle, und wir sahen Archie erwartungsvoll an.

Er räusperte sich. »Vor vielen Jahren«, begann er, »sah das Leben hier ganz anders aus. Das Bermudadreieck war ein wichtiger Stützpunkt. Zusammen mit einem sehr vertrauenswürdigen Untertan Neptuns gingen die mutigsten Sirenen tüchtig zu Werk, hier in den reichhaltigen Gewässern um die Rundum-Insel.« Archie legte eine Pause ein. Seine Schwanzflosse zuckte nervös. Seine Wangen waren etwas gerötet. »Hier wurden Schiffe gekapert. Sie wurden ihrer Reichtümer beraubt, die dann dem rechtmäßigen Eigentümer all dessen, was auf den Meeren schwimmt, zugeführt wurden.«

Schiffe wurden gekapert? Was erzählte er uns da? Dass Menschen hier ertrunken waren? Ich wusste ja, dass Sirenen für so etwas da waren, aber die Vorstellung, dass es genau hier geschehen war …?

In meinem Kopf schwirrten lauter grässliche und elende Bilder herum. Aber diese Bilder entsprachen anscheinend der Wirklichkeit! Die ganzen Geschichten, die Archie uns auf dem Weg hierher erzählt hatte – sie waren wahr! Und was war mit den Geschichten, die er *nicht* erzählt hatte? Die waren womöglich noch schlimmer. Dieser Ort war keineswegs ein Paradies! Es war eher wie der Schauplatz aus einem Horrorfilm. Ich konnte mich kaum konzentrieren, als Neptun wieder zu reden begann: »Danke, Archibald. Und was ist dann geschehen?«

Archie warf einen Blick auf Neptun, ehe er sich erneut räusperte. »Dieser, äh, vertrauenswürdige Untertan Neptuns, von dem ich sprach … Eines Tages fiel er …«

»SAG IHNEN, WANN DAS WAR!«, brach es aus Neptun hervor.

»Vor fast hundert Jahren …«
»GENAU! NICHT hundert! Vor zweiundneunzig Jahren! Hört ihr mich? Zweiundneunzig! DARUM geht es!« Bei seinen Worten schwappte eine Welle durch das Becken. Ich hielt mich an Dad fest.
Neptun ließ sich wieder in seinen Wagen sinken. Sein Gesicht war vor Zorn dunkelrot angelaufen. Er schnippte mit den Fingern, und ein Delphin kam eilig angeschwommen, drehte sich auf den Rücken und fächelte Neptun mit der Schwanzflosse Luft zu. Nach einer Weile beruhigte Neptun sich wieder und winkte den Delphin fort. Er bedeutete Archie weiterzureden. »Fahre fort.«
»Vor zweiundneunzig Jahren fiel dieser ergebene Untertan in einen Schlaf.«
Dad rückte von mir ab. »Du sprichst in Rätseln, Archie.«
Was machte er? Hatte er vergessen, wie mächtig Neptun war? Oder dass wir es ihm verdankten, hier zu sein? Oder wie einfach es war, Dad wieder ins *Gefängnis* zu stecken?
Er ließ mich los und schwamm auf Archie zu. »Sage uns, was das alles zu bedeuten hat. Wer ist dieser ergebene Untertan, den du die ganze Zeit erwähnst? Wenn du uns eine Geschichte erzählst, dann bitte ganz.«
Archie warf Neptun einen Blick zu, der verächtlich die Schultern zuckte.
»Na gut«, sagte er, »ich erzähle es euch.« Er holte tief Luft.
»Ich rede von dem Kraken.«

Die Höhle füllte sich mit Geräuschen: Die Anwesenden flüsterten, redeten, zogen entsetzt die Luft ein. Meerleute wandten sich einander mit fragenden Gesichtern und Angst in den Augen zu.

Ein Meermädchen aus meiner Klasse schwamm direkt vor mir im Wasser. »Was ist der Krake?«, fragte ich sie flüsternd.

»Ein riesiges, wildes Ungeheuer«, wisperte sie zurück. »Es ist aber nur ein Märchen. Es gibt ihn nicht wirklich.« Sie wandte sich wieder Archie zu. »Zumindest habe ich das immer angenommen.«

Ich zitterte am ganzen Körper. Meine Schwanzflosse flatterte so heftig, dass das Wasser um mich aufschäumte.

Eine Meerjungfrau, die ich nicht kannte, hob die Hand. Sie hatte tiefe Falten im Gesicht und durchdringende blaue Augen. »Archibald, wenn das wahr ist, warum haben unsere Eltern uns nie davon erzählt? Meine Urgroßeltern müssen ja noch gelebt haben, als der Krake da war. Sie hätten das doch bestimmt weitergegeben?«

Archie warf Neptun wieder einen Blick zu, um dessen Zustimmung zu erhalten. Ein kurzes Nicken war die Antwort.

»Die Meermenschen, die damals hier lebten, waren die Hüter des Kraken. Der Krake arbeitet hundert Jahre, dann schläft er die nächsten hundert. Als er das letzte Mal schlafen gegangen ist, hat ein kleines Schiff es irgendwie geschafft, die Grenzen des Dreiecks zu durchbrechen. Da der Krake nicht da war, um es zu kapern, hat das Schiff diese Insel erreicht.« Archie sah zu den Leuten auf den Steinbänken hinauf. »Die Besatzung, das waren eure Vorfahren«, sagte er.

»Aber wir wissen überhaupt nichts davon«, rief eine Frau herunter. Ich kannte sie von einem der Schiffe in unserer Bucht. »Bestimmt hätte uns doch jemand davon erzählt!«

»Als die Leute erst mal auf der Insel gelandet waren, stellte sich raus, dass viele Meerleute gar nichts dagegen hatten, dass sie blieben. Nach kurzer Zeit wurden schon Freundschaften geschlossen. Abgesehen von einer sehr kleinen Anzahl von Kraken-Hütern, die an einem anderen Ort mit Sonderaufgaben betreut wurden, beschlossen die meisten Meerleute hierzubleiben, genau wie die Menschen.«

»Du hast meine Frage nicht beantwortet!«, rief die Frau.

»Gedächtnisdroge«, erwiderte Archie knapp. »Sie entschieden sich freiwillig dafür. Es blieb ihnen keine andere Wahl.«

»Alle?«, wollte die Frau wissen. »Auch die Meerleute?«

»Sie kann bei jedermann angewandt werden«, erwiderte Archie. »Und sie löscht fast alles aus. Was übrig bleibt – na ja, ihr habt ja sicher alle solche halbwahren Geschichten gehört, Geschichten, von denen ihr nie genau wusstet, was ihr davon halten solltet, Sagen, die weitergegeben und mit jedem Weitererzählen abgewandelt wurden.«

Langsam sickerten Archies Worte in mein Gehirn. Ich wollte nicht verstehen. Ich wagte es nicht, seinen Gedanken bis zu ihrem logischen Ende zu folgen. Aber über die Gedächtnisdroge, ja, über die wusste ich Bescheid. Man hatte sie zwölf Jahre lang meiner Mutter gegeben, damit sie sich nicht daran erinnerte, dass sie mit einem Meermann verheiratet war. Sie waren ihr in sogenannten Süßigkeiten von ihrem sogenannten Freund Mr Beeston verabreicht worden. Von dem sogenannten Leuchtturmwächter! Ich hatte mich immer vor ihm gegruselt. Als sich herausstellte, dass er während meines ganzen Daseins hinter uns herspioniert hatte, wurde mir alles klar. Zum Schluss hatte ich ihm mehr oder weniger verziehen, weil er mir geholfen hatte, mich an Mandy Rushton zu rächen. Er verabreichte meinen Klassenkameraden die Gedächtnisdroge, damit sich keiner daran erinnerte, wie ich mich in eine Meerjungfrau verwandelt hatte. Aber trauen konnte man ihm nicht – genauso wenig wie allen anderen, die diese Droge verabreichten!

»Wie ihr alle wisst, ist Neptun ein gerechter und guter Herrscher«, fuhr Archie mit leichtem Hüsteln fort. »Er ließ zu, dass sie gemeinsam hier auf der Insel lebten. Von dem Kraken musste ja keiner wissen. Noch nicht. Und so kommt es, dass ihr heute alle hier seid. Die Rundum-Insel gibt es in dieser Form seit zweiundneunzig Jahren.«

Ein Meermädchen mit Glimmer im Haar und einer rosafarbenen Schwanzflosse, die unruhig auf der Wasseroberfläche zuckte und zappelte, hob die Hand. »Aber warum erzählst du uns das alles?«, fragte sie mit verschüchterter

Stimme. »Warum auf einmal? Und wer bist du überhaupt? Wir kennen dich kaum.«

Neptun erhob sich aus seinem Wagen und bedeutete Archie, zur Seite zu treten. »Archibald arbeitet für mich«, sagte er. »Und nun hat er euch von eurem geschichtlichen Hintergrund erzählt. Ich werde euch jetzt etwas zu eurer Gegenwart erzählen.«

Er saugte die Wangen ein und biss die Zähne aufeinander. »Jemand«, sagte er fast flüsternd, »irgendjemand hat es gewagt, meine Macht herauszufordern.« Er holte tief Luft und reckte seinen Dreizack in die Höhe. Mit einer Stimme, die die Höhle genauso erschütterte wie seine Ankunft, brüllte er: »Jemand hat den Kraken vorzeitig aufgeweckt!«

Erregt und wütend schossen seine Blicke über das Becken hin und her, während er rasch weitersprach: »Noch acht Jahre. So viel blieb ihm noch. So viel BRAUCHTE er noch. Dann wäre ich rechtzeitig zu seinem Erwachen da gewesen. Aber nein! Jemand konnte nicht so lange warten. IRGENDJEMAND musste ihn ja vorzeitig aufwecken. Wisst ihr überhaupt, was passiert, wenn mein Krake nicht den Schlaf bekommt, den er braucht?«

Aus den Höhle schlug ihm Schweigen entgegen. Keiner machte den Versuch, Neptun zu antworten, wenn er in solch einer Stimmung war. Auch wenn er eigentlich selten anderer Stimmung war.

»Ich sage es euch. Er wacht auf und ist erzürnt. So erzürnt, dass selbst NEPTUN ihn nicht besänftigen kann. Mein zutiefst ergebener Untertan – jemand hat ihn mir genommen!«

»Was macht er jetzt?«, wollte jemand wissen.

»Die ersten Anzeichen sind noch geringfügig. Er schlägt in seiner Höhle um sich, und es entstehen Monsterwellen. Das macht er, solange er in seiner Höhle ist. Soweit wir wissen, befindet er sich noch darin. Aber früher oder später wird er sich den Weg ins freie Meer bahnen, und wenn er das tut, wird er den einzigen Weg beschreiten, den er kennt.« Neptun unterbrach sich und ließ den Blick langsam durch die Höhle gleiten. »Den Weg der Zerstörung.«

Mein Fischschwanz zitterte schon wieder. »Schon gut, Kleines«, flüsterte Dad und zog mich an sich. »Ich pass auf dich auf.« Er hatte ja keine Ahnung. Überhaupt keine.

»Aus diesem Grund sollte ich der EINZIGE sein, der den Kraken weckt. Wer ihn weckt, ist nämlich der EINZIGE, der …« Neptun hielt abrupt inne. Er strich sich das Haar zurück und glättete seinen Bart.

»Tja. Lasst mich nur dies eine sagen. Ohne meine Anleitung kann er alles zerstören, was ihm in die Quere kommt. Vielleicht wird diese ganze Insel unter seinem Zorn zerschlagen werden.«

Das Ende der Insel? Nur meinetwegen? Ich versuchte zu schlucken und merkte, dass mir die Kehle zugeschnürt war. Ich musste das wieder in Ordnung bringen!

»Jawohl«, fuhr Neptun fort. »Und ihr solltet Folgendes wissen: Er kann Schiffe anlocken. Abgesehen von ein paar wenigen meiner treuen Gehilfen ist der Krake das einzige Wesen, das weiß, wie man den Bannkreis des Bermudadreiecks durchbrechen kann. Sobald der Krake seine Höhle verlassen hat, seid ihr nicht mehr sicher. Euer Entdecktwerden ist nicht mehr fern. Und wenn das geschieht, dann sind die Tage der Rundum-Insel gezählt.«

Neptun zog scharf die Luft ein. »Ich habe noch keinen Entschluss gefasst, was ich mit euch allen machen werde. Aber erst mal will ich wissen, WER DAS WAR! Ich WERDE es herausfinden! Es ist einfach UNUMGÄNGLICH, dass die Personen sich bei mir melden!«

Stumm sah er sich in der Höhle um. Ab und zu fiel sanft ein Tropfen von der Decke ins Wasser. Nein! Ich konnte es nicht. Ich durfte nicht zulassen, dass Mum und Dad die Insel verlassen mussten. Ich würde nicht in jenes schreckliche Gefängnis zurückkehren. Ich musste mir etwas einfallen lassen.

»NUN?«, brüllte er.

Da hüstelte jemand leise. Oben auf den Steinbänken verbreitete sich Unruhe. Jemand stand auf. Millie! Was um alles in der Welt hatte sie vor?

Sie warf sich theatralisch das schwarze Cape um die Schultern und trat an das Steingeländer am Rand des Beckens.

»Majestät«, sagte sie mit fester Stimme, »ich mische mich zwar normalerweise nicht ein, aber ich kann Ihnen vielleicht helfen.«

Neptun lächelte fast. Er sah wenigstens so aus, als ob er lächelte. Es hätte aber genauso gut sein können, dass sich sein Gesicht vor Ärger zu einer verkrampften Grimasse verzog. Er zupfte an seinem Bart. »Mir *helfen*?«, wiederholte er.

»Ich kann Dinge sehen«, erklärte ihm Millie. »Ich möchte nicht damit angeben, aber man hat mir schon öfters gesagt, dass ich eine besondere Gabe besitze. Ich muss nur Ihr Sternzeichen wissen.«

»Mein STERNZEICHEN?«, schrie Neptun.

»Ja, Sie wissen schon, Ihr Horoskop, Ihr ...«

»Ich weiß, was Sie meinen. *Fische* natürlich!«

»Danke«, sagte Millie mit zusammengebissenen Zähnen. »Dieser Wutausbruch tut Ihrem Karma aber gar nicht gut«, setzte sie mit hörbarem Flüstern hinzu. Dann schloss sie die Augen und faltete die Hände über der Brust. »Ich glaube, ich kann Ihnen genau sagen, was passiert ist«, sagte sie. »Ich brauche nur etwas Ruhe.«

Neptun sah aus, als ob er gleich explodieren würde, aber er sagte nichts. Sonst auch keiner. Konnte Millie tatsächlich sehen, was passiert war? Ihre esoterischen Versuche führten nicht oft zu einem Ergebnis, aber ab und zu hatte sie doch einen seltsamen Treffer. Was, wenn das auch diesmal so war?

»Ich sehe so was wie einen Schatz«, murmelte Millie. »Was ist es nur? Gold? Ich muss mich mehr darauf konzentrieren.«
Gold! Sie beschrieb die Höhle! Nein! Typisch Millie, dass sie einen ihrer Treffer hatte, wo ich doch verzweifelt hoffte, dass sie ihren üblichen bekloppten Senf von sich geben würde. Ich hatte genug gehört. Ich musste raus.
Ich schaute hinauf und versuchte Mums Blick zu erhaschen. Sie beobachtete Millie voller Bewunderung. Wie würde sie mich ansehen, wenn sie herausfand, was ich getan hatte? Ich konnte die Vorstellung nicht ertragen.
Behutsam rückte ich von Dad ab und verschwand in den dunklen Teil am Rand des Beckens. Ich konnte Millies Stimme über das Wasser trällern hören. Es klang, als würde sie summen. Alle hatten den Blick auf sie gerichtet. Das war meine einzige Chance.
»Es tut mir leid«, flüsterte ich in die Dunkelheit und verschwand still und heimlich.

Wie besessen schwamm ich durch die dunklen Tunnel, wobei ich nicht einmal daran dachte, wohin sie mich führten. Ich kraulte an Unterwassertropfsteinen vorbei, die schwach von sanft leuchtenden Kristallen erhellt wurden, umrundete Ecken und Biegungen, kam an Felsspalten vorbei und sehnte mich unbändig nach dem Anblick des Himmels. Ich musste raus aus den Höhlen. Ich musste nachdenken.

Schließlich erreichte ich das offene Meer. Die Helligkeit kam wie ein Schock. Zwei kleine Blaukopfjunker schwebten am Ausgang und pickten an dem Fels herum, als würden sie ihm kleine Küsschen geben.

Ein Geräusch hinter mir. Plätschern. Jemand folgte mir!

Ich tauchte in eine schmale Spalte unter den Felsen und platzte in einen Schwarm von dicken Schweinslippfischen, die mich mit schwarzen Knopfaugen ansahen, ehe sie auseinanderstoben, um eine andere Höhle zu finden.

Ich behielt den Ausgang der Höhle im Auge. Es war Dad!

Da kam ich unter dem Felsen hervor. »Was machst du denn hier?«

»Emily!« Er kam auf mich zugeschwommen. »Warum bist du denn davongeschwommen?«

Ich zog mich wieder unter den Felsen zurück. »Ich habe euch in Gefahr gebracht. Dich, Mum, alle. Wir werden von der Insel geworfen, und alles nur meinetwegen. Es tut mir so leid.«

Dad drückte sich zu mir in den Spalt und wirbelte bergeweise Sand auf, als er an dem Felsen entlangglitt. »Kein Mensch wird dich von der Insel werfen, Kleines. Warum sollte das jemand tun?«

»Du hast ja keine Ahnung!«, jammerte ich. »Du weißt

nicht, was ich getan habe.« Eine Träne rann mir über die Wange und vermischte sich mit dem Wasser. So viel Zeit! So viele Jahre ohne ihn, und jetzt, nachdem ich ihn gefunden hatte, hatte ich etwas so Dummes gemacht, etwas so Furchtbares, dass er mich für immer verabscheuen würde. Ich hatte alles verdorben.

»Was? Was hast du gemacht?«

Ich biss mir heftig auf die Lippe und presste die Augen zu.

»Was es auch ist, du kannst es mir doch erzählen. Wir lösen das Problem zusammen.«

Mein Gesicht war tränenüberströmt. »Ich war es!«, platzte ich heraus. »*Ich* habe den Kraken geweckt!«

»*Was* hast du? Aber wie …«

»Ich bin auf Erkundung gegangen! Ich wusste, dass ich es nicht sollte, aber ich hab's gemacht. Er war in einer Höhle. Ich bin ja so dämlich! Ich habe ihn gefunden. Ich habe ihn aufgeweckt, Dad. Ich hab alles zunichtegemacht. Ich kann mich auf der Insel nie wieder blicken lassen. Du bist gerade erst aus dem Gefängnis freigekommen, und jetzt – ach Dad, es tut mir leid.«

Dad streichelte mir das Gesicht. »Pass auf. Ich begreife das zwar nicht ganz, aber es wird schon wieder gut. Wir kriegen das hin. Ich pass auf dich auf.«

Ich stieß seine Hand fort. »Dad, es wird überhaupt nicht gut. Lüg mich nicht an. Ich bin doch kein Baby mehr!«

Er starrte mich an, sein Gesicht war so rot, als ob ich ihn

geohrfeigt hätte. Ich hielt seinem Blick stand, und da nickte er langsam, als würde er im Zeitraffer mitbekommen, wie ich hier, vor seinen Augen, größer wurde, als ob er begreifen würde, wer ich wirklich war statt des kleinen Wesens, an das er sich erinnerte. »Du hast recht«, sagte er schließlich, »natürlich bist du kein Baby mehr.« Er machte kehrt, um davonzuschwimmen.

»Warte!« Ich packte ihn am Arm. »Es tut mir leid.«

»Weißt du, was du bist?«, fragte er mit zugeschnürter Kehle und zusammengepressten Zähnen.

Ich schüttelte den Kopf und unterdrückte einen neuen Tränenschwall.

»Du bist meine Tochter, das bist du. Du bist eine Windsnap. Und weißt du auch, was das bedeutet?« Ehe ich die Gelegenheit zu einer Erwiderung hatte, fügte er hinzu: »Es bedeutet, dass wir das gemeinsam lösen.«

»Ich gehe nicht zurück zu dem Treffen. Das kann ich nicht. Bitte.«

»Wer hat denn etwas davon gesagt, dass wir zurückkehren?«

»Was machen wir dann?«

Dad verharrte im Wasser und sah mich forschend an.

»Wir schwimmen zu der Höhle. Zeig mir, wo es passiert ist.«

»Die Höhle des *Kraken?*«

»Warum nicht? Du hast doch gehört, was Neptun gesagt hat. Er ist wahrscheinlich noch dort. Vielleicht können wir den Schaden irgendwie begrenzen. Die Höhle wieder zumachen, damit er sicher ist, oder so etwas.«

»Dad, es war wirklich ganz fürchterlich. Es war das Schlimmste, was ich je erlebt habe.«

»Schlimmer, als zurückzukehren und Neptun gegenüberzutreten? Du hast ihm vor seinem eigenen Gericht die Stirn geboten, weißt du das nicht mehr?«

Ich ließ den Kopf sinken. »Ich weiß. Das hat mir auch ziemlich Angst gemacht.«

»Genau. Und du hast es hingekriegt. Also wirst du auch diese Situation meistern.«

»Ich weiß nicht …«

»Komm!« Er streckte mir die Hand hin. »Lass uns sehen, was wir tun können.«

»Hier geht's lang«, sagte ich, als wir die Lagune erreichten. Sie sah verändert aus. Das Wasser war trübe und schlammiger, als ich es in Erinnerung hatte. Sandfarbene Plattfische strichen über den Grund und erweckten den Eindruck, als bewegte sich der Boden unter uns.

Es schnürte mir die Kehle zu. Wir hatten das eingeritzte Symbol erreicht. Den Dreizack. Wie konnte er uns letztes Mal nur entgangen sein? Wenn wir ihn gesehen hätten, wäre vielleicht nichts von alledem passiert.

Aber es war sinnlos, sich darüber Gedanken zu machen.
Wir kamen zu dem Feuerrad, nur, als ich es diesmal ansah, wurde mir natürlich klar, was es sein sollte. Die langen Strahlen, die spiralförmig von dem runden Körper in der Mitte ausgingen …

»Das ist es«, sagte ich, und meine Stimme bebte wie eine Welle, die sich brach. »Ich möchte nicht weiter.«

Er hielt inne. »Das müssen wir aber, Kleines – ich meine, Emily.«

»Dad, ich hab nichts dagegen, wenn du mich weiter …«

»Nein.« Er legte einen Finger auf meine Lippen. Übernahm die Verantwortung. War Herr der Situation. »Du bist kein Baby mehr. Du bist aus den gleichen Schuppen gemacht wie ich, und ich könnte nicht stolzer auf dich sein. Und wir lösen das Problem, in Ordnung?«

»Aber das ist Sperrgebiet. Damit hat der ganze Ärger doch angefangen.«

»Und damit hört er auch wieder auf«, sagte er. »Du glaubst doch nicht, dass wir hier gelandet sind, weil wir immer tun, was man uns sagt, oder?«

Ich schwieg.

Er streckte mir die Hand entgegen. »Komm schon. Ich schwimm voraus, aber du musst mir den Weg zeigen. Ich pass schon auf dich auf.«

Schließlich ergriff ich seine Hand, und schweigend schwammen wir weiter.

Alles kam mir bekannt vor, bis wir an ein riesiges Loch im Felsen kamen. Ungefähr so groß wie ein Haus.
»Da drin.« Zitternd streckte ich den Arm aus. »Nur, dass es letztes Mal ein winziges Loch war!«
Dad schluckte. »Na gut. Bist du bereit?«
»Bereit, da noch mal reinzugehen? Da kannst du lange drauf warten.« Ein einzelner Fisch schoss an mir vorbei: hellgrün auf der einen und leuchtend blau auf der anderen Seite. Seine durchsichtigen Flossen hatte er nach hinten gestreckt, während er von der Höhle wegschwamm. Kluger Fisch.
»Komm schon. Du bist in Sicherheit. Ich bin dicht bei dir.« Dad drückte meine Hand, und wir schlüpften hinein durch das Felsenloch.
Aber alles sah total anders aus. So anders, dass ich zu überlegen begann, ob wir am falschen Ort waren. Es gab keine schmalen, gewundenen Tunnel, nur riesige, klaffende Öffnungen. Wir durchschwammen eine nach der anderen.
Und dann kamen wir zu dem Gold. Wir waren doch am richtigen Ort. Juwelen und Kristalle lagen über den Meeresboden verstreut. Als wir tiefer tauchten, wurde die Umgebung weniger vertraut. Kälter. Und da war noch etwas. Etwas, das ganz anders war. Je tiefer wir kamen, desto mehr sahen wir davon.
Knochen.
Am Anfang nur hier und da einen, den man vielleicht auch

für Treibholz hätte halten können. Dann mehr davon: ganze Berge, die aufgehäuft waren wie die Reste eines Festschmauses. Lange, dünne Knochen, verdrehte dicke – und schließlich ein Schädel, der auf dem Grund lag. Ein dunkler Fisch kam aus der Augenhöhle geschwommen. Ich schlug mir die Hand vor den Mund.

»Dad!« Ich packte seine Hand so fest, dass ich spürte, wie seine Knöchel knackten.

»Sieh nicht hin«, sagte er mit wackeliger Stimme. »Bleib einfach dicht bei mir.«

Wir schwammen jeden Winkel der Höhle ab. Jeden Zentimeter.

»Was siehst du?«, fragte Dad, als wir in der größten Kluft haltmachten.

Ich sah mich um. »Nichts.«

»Genau.« Er drehte sich um und sah mich an, und plötzlich wirkte er nicht mehr wie der Herr der Situation. Nicht mehr stark. Nur noch verängstigt. »Er ist weg, Emily. Der Krake – er schwimmt frei herum.«

Wie lange sind wir schon hier? Ein paar Tage? Keine Ahnung! Ich weiß nur, dass wir auf einem verlassenen Stück Insel gestrandet sind, das Segelboot ist ein Wrack, und ich habe Hunger.
Nüsse! Wie lange kann man von Nüssen leben? Und Wasser aus einem trüben Bach? Dad meint, dass er uns was fischen kann. Und er meint, wir könnten das Boot reparieren, wenn wir uns alle »ein bisschen zusammenreißen«. Er benimmt sich, als ob er sich auf einer Pfadfinderreise befindet, als ob das hier alles zum Abenteuer gehört.
Mum hat kaum ein Wort gesagt. Das ist auch besser so. Wenn wir mehr reden würden, würden wir womöglich über das reden, was passiert ist. Über den ...
Lieber nicht.
Es ist nicht mal eine richtige Insel. Ich kann ganz entfernt etwas erkennen, das vielleicht eine richtige Insel ist, draußen auf dem Meer. Viel zu weit weg, um hinzuschwimmen. Typisch für das Pech, das wir immer haben, dass wir stattdessen auf so einem kleinen Stück Land gestrandet sind. Zweihundert Schritte im Durchmesser. Hab's gestern gezählt.

Oder vorgestern, ich weiß nicht mehr genau. Irgendwann, als ich Zweige gesammelt habe, damit Dad uns eine sogenannte Schutzhütte bauen konnte. Werde aber wohl kaum ein Auge zutun. Wenn man auf einer Insel von der Größe einer Unterhose landet, nichts zu essen hat, keine Möglichkeit, nach Hause zu kommen, und niemanden außer den Eltern, mit dem man sprechen kann, dann kann man schon mal unter Schlaflosigkeit leiden.

Nicht mal der Kapitän ist da.

Noch so eine Sache, über die wir kein Wort verlieren. Ich versuche auch, nicht daran zu denken. Was ist mit ihm geschehen? Kann es sein, dass er ...

Aber wie schon gesagt, besser gar nicht darüber nachdenken.

Hinter mir ertönt ein plätscherndes Geräusch.

»Mandy! Wo ist Mum?« Es ist Dad, der mit einem der Netze vom Boot aus dem Wasser kommt. Er trägt blau-rote, knielange Shorts und watschelt in seinen Schwimmflossen an Land. Er war draußen, um Fische zu fangen. Das ist alles, was er getan hat, seit wir hier sind. Das und an dem Boot herumzuhämmern und -zuklopfen. Es ist an den kleinen Strand gespült worden, halb vollgelaufen mit Wasser und übersät mit Muscheln und Steinen und kaputten Flaschen. Aber sicher, Dad. Das kann man ganz leicht reparieren.

Das Netz ist leer, wie üblich.

Dad nimmt Taucherbrille und Schnorchel ab. Er grinst. Was um Himmels willen gibt es da zu grinsen? Merkt er nicht, dass wir Schiffbrüchige sind und alle drei sterben werden? Vielleicht hat

er einen Schlag auf den Kopf bekommen, als das Boot gekentert ist.
Er schüttelt sich trocken. »Komm mit. Ich muss euch beiden was Wichtiges mitteilen.«
Ich folge ihm zu dem erbärmlichen Holzhaufen, der anscheinend unser Haus sein soll. Mum sitzt auf dem Boden und lehnt sich an eine Palme. Sie macht nichts, starrt nur ins Leere. Ihr Haar steht in alle Richtungen von ihrem Kopf ab, als ob sie einen elektrischen Schlag gekriegt hätte. Ihr Gesicht ist weiß, ihr Blick starr. Sie sieht aus wie eine Wahnsinnige.
»Maureen, Mandy – unsere Probleme sind gelöst!«, verkündet Dad.
Ich kann nicht anders, ich breche in Gelächter aus. Also wirklich, sieh dich doch mal um, Dad – wach auf! Kannst du den Kaffee riechen? Ach, tut mir leid, hätte ich fast vergessen. Es gibt ja gar keinen Kaffee, weil wir nämlich auf einem Streifen Land festsitzen, den man glatt übersehen könnte und auf dem es außer uns nichts als Nüsse, Insekten und ein Schiffswrack gibt!
»Nun lasst mich doch mal ausreden«, sagt Dad. »Ihr werdet's mir nicht glauben, aber ich schwöre, dass jedes Wort wahr ist.«
Auf seiner roten Wange hat sich ein nervöses Zucken gebildet. »Ich *schwöre* es«, wiederholt er.
Mum seufzt. »Sag es einfach. Mit was für einer lächerlichen Idee kommst du jetzt schon wieder daher?«
»Es ist keine Idee, Maureen. Also, nicht wirklich. Es geht um etwas, das ich gesehen habe.«

Mum hebt den Kopf. »Und was hast du gesehen?«
Dad bläst den Brustkorb auf und lässt seinen Blick zwischen uns hin- und herwandern. »Nixen.« Ich sehe, wie der Adamsapfel an seinem Hals auf und ab hüpft. »Ich habe Nixen gesehen.«
»Ach zum Teufel, Jack!« Mum stemmt sich hoch und klopft ihren Rock aus. »Wann fängst du endlich an, dich wie ein richtiger Mann zu benehmen und dich um den Schlamassel hier zu kümmern, statt dich in deinen albernen Hirngespinsten zu verlieren?«
Sie marschiert davon und wischt sich dabei den Sand hinten von den Beinen.
Dad packt sie am Arm. »Es sind keine Hirngespinste, Maureen!«, sagt er wütend. »Ich schwöre bei jedem Atemzug, den ich je getan habe, dass es Meerjungfrauen waren! Nicht hier, weiter draußen. Ich hab sie schwimmen gesehen – unter Wasser. Sie haben Fischschwänze – lange, gleißende, schimmernde Fischschwänze!«
Sie starren sich an. Es ist, als ob sie in einem surrealistischen Sketch mitmachen und der Lehrer gerade gesagt hat: »Halt, alle erstarren auf der Stelle!«
Aber irgendwas ist an dem, was er gerade gesagt hat, etwas, das ich nicht ganz zu fassen bekomme ...
»Verstehst du nicht, was das bedeutet?«, sagt Dad. Sein Hals ist rot und geschwollen wie bei einem Truthahn. Er packt Mum wieder am Arm.
Mum wirft ihm einen vernichtenden Blick zu. »Nein, Jack, leider verstehe ich überhaupt nicht, was das bedeutet. Dass du

verrückt wirst vielleicht? Dann mach dir nichts draus. Ich bin sicher, dass es mir bald auch so geht.«

Sie entzieht sich seinem Griff.

»Maureen, ich werde nicht verrückt!«, schreit er. »Du musst mir glauben! Wir könnten unser Zuhause und die Spielhallen retten – den ganzen Pier!« Er dreht sich nach mir um, und sein Blick ist erregt und durchdringend. »Mandy, du glaubst mir doch, oder?«

»Ich …« Natürlich glaube ich ihm nicht. *Natürlich* nicht! Aber da rumort etwas in mir. Irgendwas. Was ist es nur?

Mum schüttelt den Kopf. »Du verzeihst mir doch, dass ich deiner Logik nicht ganz folgen kann.«

Dad hält sein Netz hoch. »Wir fangen uns eine. Nehmen sie mit nach Brightport. Wir können sie ausstellen, Eintritt verlangen und so. Natürlich kümmern wir uns um sie. Machen ihr das Leben schön. Aus dem ganzen Land werden die Leute anreisen, um sie zu sehen! Vielleicht sogar aus der ganzen Welt! Wir werden die Helden der Stadt sein und bezahlen die Renovierung des Piers. Verstehst du nicht? Das könnte die Lösung all unserer Probleme sein!«

Mum saugt die Wangen ein. »Jack«, sagt sie. »Du hast es nicht mal geschafft, auch nur einen kleinen Goldfisch zu fangen, seit wir hier sind! Selbst wenn ich glauben würde, dass du eine Nixe gesehen hast – was ich offen gestanden nicht tue –, wie um alles in der Welt willst du das Ding denn fangen?«

Dad zieht an seinem Netz. »Ich hab mir doch noch gar keinen genauen Plan zurechtgelegt! Ich hab sie ja gerade erst gesehen! Eine ganze Gruppe. Tief unten im Wasser. Eine von ihnen hatte goldene Sterne, die von ihrer Schwanzflosse leuchteten. Ein Meermann war auch dabei, mit langem schwarzem Haar und einem silbernen Fischschwanz. Ein Meermann! Verdammt, Maureen!« Er packt sie schon wieder am Arm. »Ich sage die Wahrheit. Du wirst es schon noch sehen.«

Mum macht sich frei und dreht sich zu mir um. »Komm mit, Mandy. Hilf mir, was zu essen zu suchen. Für heute hab ich genug von deinem Vater und seinen Tagträumen.«

Ich folge Mum. Wir stelzen durchs Unterholz und suchen nach Resten, wie Penner. Wie üblich reden wir nicht. Aber diesmal liegt es daran, dass mir eine Menge Gedanken im Kopf herumgehen, Gedanken, von denen ich nicht weiß, ob ich sie mit Mum zu teilen wage. An dem, was Dad gesagt hat, ist eindeutig etwas dran. Etwas, das ganz hinten in meinem Kopf rumort. Ich kann es nur noch nicht festnageln.

Vielleicht ist es etwas, das ich im Fernsehen gesehen habe. Ein Film über Meerjungfrauen oder so. Ich hab so ein Bild vor Augen. Jemand, der schwimmt. Ein Mädchen. Sie hat einen Fischschwanz und wirbelt herum und lächelt, grinst herüber – zu mir! Sie ist in einem Schwimmbecken. Die Szene ist nicht aus dem Fernsehen. Da bin ich mir sicher. Sie ist echt. Als ob ich mich an etwas erinnere.

Ich sammle ein paar Nüsse auf und schiebe sie heftig in die Tasche. Nixen! Pah! Ich zwinge mich zu lachen.

Wir sollten lieber hier verschwinden, ehe wir noch alle durchdrehen.

5

»Dad.«

Er reagierte nicht. Schwamm einfach weiter aufs Meer hinaus. Wir hatten den halben Tag damit zugebracht, um die Küste herumzuschwimmen, dabei zu versuchen, ungesehen zu bleiben, und uns zu überlegen, was wir als Nächstes machen sollten. Wir machten an der Ostseite der Insel Rast in einer weiten, felsigen Bucht, die etwas weiter südlich lag als unsere eigene.

Ich gesellte mich bei einem riesigen Felsblock am Rand der Bucht zu ihm. »Dad«, sagte ich noch mal.

»Ich denke nach, Liebes«, sagte er, ohne sich umzudrehen. »Lass mich mal einen Moment.«

Ich zählte bis zehn. »Was sollen wir machen?«

Er schüttelte den Kopf. »Ich weiß nicht, Emily. Ich weiß es einfach nicht.«

Zusammen sahen wir aufs Meer hinaus. Sanft schwappte das Wasser in die Bucht hinter uns. Das Tageslicht verblasste allmählich.

Ich starrte zum Horizont. So viel Wasser, das sich meilenweit erstreckte, endlos, wie es schien. Nichts als Wasser. Und das Ungeheuer. Irgendwo. Ein kalter Schauer überlief mich. Die See lag still da – aber wie lange noch, bis der Zorn des Kraken sie aufschäumen lassen würde? Die Stille war fast schlimmer als die Gewissheit, dass er da draußen war und lauerte.

Am Horizont blinkte etwas auf. Ein kurzes Leuchten. Ich fuhr auf und starrte so unverwandt hinaus, dass meine Augen tränten. Da war es wieder.

»*Dad!*«

»Emily, lass mich bitte mal in Ruhe! Ich hab doch gesagt, gib mir fünf Minuten. Ich muss nachdenken.«

Ich rüttelte ihn am Arm. »Schau mal!« Ich deutete auf den Horizont.

Dads Blick folgte der Richtung meines Fingers. »Allmächtige Miesmuschel!«, hauchte er und blinzelte in die Ferne. Seine Worte kamen röchelnd. »Was macht *das* denn dort?«

»Was ist das?«

»Sieh nur, rot, dann grün.« Dad sah mich an. »Das ist ein Schiff, Emily.«

Ein Schiff war hereingekommen! Der Krake hatte die Bannmeile des Dreiecks schon durchbrochen.

»Es kommt doch nicht näher, oder?«, fragte ich und schluckte heftig.

»Sieht nicht so aus. Das bedeutet aber nicht, dass es nicht kommen wird.« Dad stieß sich von dem Felsen ab und schwamm los. »Komm mit.«

»Wo schwimmen wir hin?«

»Wir müssen es melden.«
»Melden?« Die Worte blieben mir im Hals stecken. Ich schluckte wieder. »Wem?«
»Ich weiß nicht. Archie, nehme ich an.« Dad nahm meine Hand. »Emily, ein Schiff kommt auf die Insel zu. Die anderen müssen erfahren, dass der Krake los ist.«
»Nein!«
»Emily, Schätzchen, das Ungeheuer könnte das Schiff angreifen. Oder das Schiff könnte uns hier entdecken. Das wäre unser Ende. Du hast doch gehört, was Neptun gesagt hat. Wir können nicht hierbleiben, wenn das Geheimnis herauskommt. Verstehst du das nicht? Horden von Touristen, die über die Insel herfallen? Sie machen einen Zoo aus uns oder so was.« Er schwamm weiter.
Einen Zoo. Meine alten Befürchtungen, dass mein Geheimnis herauskommen könnte, überfielen mich wieder wie eine Welle der Angst. Was hatte ich nur gemacht?
»Es muss doch etwas geben, was wir tun können!« Ich schwamm schneller, um mit ihm mitzuhalten.
»Das ist die einzige Möglichkeit.« Dads Stimme duldete keinen Widerspruch.
Er sagte nichts mehr. Das Wasser wurde wärmer, als wir den flacheren Grund erreichten, der geriffelt war wie von Reifenspuren.
Dad vermied es, mich anzusehen. »Schwimm du nach Hause. Mum wird sich schon Sorgen machen.«

»Und du?«
»Ich versuche, Archie zu finden.«
Ich rührte mich nicht.
»Es kommt schon in Ordnung«, sagte er mit einem angespannten Lächeln. Dann machte er kehrt und schwamm auf das Ende der Bucht zu. Er nahm meinen letzten Hoffnungsschimmer mit sich fort.

Mum zog mich in die Arme, kaum dass ich die *Fortuna* erreicht hatte. »Emily! Ich hab mir ja solche Sorgen gemacht! Wo hast du nur gesteckt?«
»Ich war mit Dad zusammen. In den Höhlen ist es mir zu beklemmend geworden, und wir … wir sind auf Erkundungstour gegangen.« Meine Wangen brannten. Ich kann es nicht ausstehen, meine Mutter anzulügen.
»Mary P., du solltest wirklich auf mich hören. Ich hab dir doch gesagt, dass ihr nichts passiert ist«, sagte Millie, goss sich Kräutertee aus einer Kanne ein und ließ sich auf dem großen Sofa nieder.
»Millie hat ein Schiff gesehen«, sagte Mum.
»Sie hat es *gesehen*?«, platzte es aus mir heraus.
Mum sah mich fragend an. »Als sie Neptun die Karten gelegt hat. Da hat sie eine Vision von einem Schiff gehabt. Was dachtest du denn, was für ein Schiff ich meine?«

»Ach so. Nein. Nichts weiter. Genau, ich dachte, dass du davon redest.« Ich verwickelte mich in Widersprüche. Toll gelaufen, Emily. Verrate nur *allen,* was los ist. »Ich dachte, du hast was von Gold gesagt?« Ich versuchte, möglichst unbeteiligt zu klingen.

»Tja, nun, es ist nicht gesagt, dass man jedes Mal *alles* richtig hinkriegt«, erwiderte Millie, und mit einem Schnauben nahm sie sich eine Zeitschrift vor.

»Und was hat Neptun zu deiner Vision gesagt?« Ich hielt den Atem an.

Millie blätterte die Seiten um. »Nicht jeder weiß meine Gabe zu schätzen.«

»Er hat gesagt, dass er sie von der Insel wirft, wenn sie seine Zeit weiter mit ihrem Hokuspokus verplempert«, sagte Mum lächelnd.

Wie konnte sie nur lächeln? Ich konnte kaum *reden*. Ich musste weg hier. »Ich geh in mein Zimmer«, sagte ich.

Ehe sie etwas dagegen vorbringen konnten, war ich in den hinteren Teil des Schiffs verschwunden und schloss meine Kajütentür hinter mir. Zitternd setzte ich mich auf mein Bett und sah mich um. Wie alle anderen Kajüten hatte auch diese eine Bodenluke, die hinunterführte, ins Wasser. Ich hatte sie bisher kaum benutzt. Die im Wohnzimmer war den ganzen Tag geöffnet und viel größer.

Ich kroch zu der Luke neben meinem Bett und öffnete sie. Vielleicht …

»Emily.« Mum stand in meiner Tür.

Ich fuhr zurück. »Ich hab mir nur die Fische angesehen«, sagte ich schnell.

»Bist du auch ganz in Ordnung, Liebes?« Mum trat in die Kajüte und kam zu mir. Sie schob eine Haarsträhne aus meinem Gesicht und strich sie mir hinters Ohr. »Wenn du über irgendwas reden willst …«

»Will ich nicht.« Ich zwang mich zu einem Lächeln. Wahrscheinlich sah ich eher wie ein verängstigtes Kaninchen mit einem nervösen Zucken aus. »Es geht mir gut, ehrlich«, sagte ich. »Bin nur ein bisschen müde.« Ich verzog den Mund zu einem Gähnen. »Weißt du was? Ich glaube, ich leg mich kurz mal hin.«

Mum sah mich einen Moment zweifelnd an, dann zuckte sie die Schultern. »Na gut. Wir sind nebenan, falls du was brauchst.« Sie gab mir einen Kuss auf die Stirn, ehe sie ging. Ich wartete fünf Minuten. Sie kam nicht zurück. So, jetzt oder nie. Ich wusste, was ich tun musste.

Ich streckte die Beine durch die Luke. Als ich auf der Kante saß, ließ ich mich so leise und so weit hinunter, wie es ging, und ließ los. Mit einem Aufklatschen plumpste ich nach unten. Hatten sie es gehört? Ich hielt den Atem an und verharrte regungslos. Nichts.

Ich wartete noch ein Weilchen, bis sich mein Fischschwanz richtig ausgeformt hatte. Als das Kribbeln und das taube Gefühl ganz verschwunden waren, tauchte ich unter, schwamm durch das große offene Bullauge und machte mich zu dem Schiff auf.

Es war fast wie früher in Brightport: aufs Meer hinauszuschwimmen unter einem Himmelszelt, das sich allmählich mit Sternen überzog. Ein gestreifter Schmetterlingsfisch flitzte eine Zeitlang neben mir her, bis er in die Dunkelheit abtauchte und unter einem Stein verschwand. Eine Wolke aus Silbermakrelen schwebte in der Nähe. Sie leuchteten wie Nadeln in der Dunkelheit. Violette Seeanemonen wiegten sich mit der Strömung und streichelten mich, als ich über sie hinwegschwamm.

Und doch war es überhaupt nicht wie früher.

Früher war ich losgeschwommen, um meine beste Freundin zu treffen; jetzt wusste ich nicht mal, ob ich noch eine hatte. Meine Brust tat weh, während ich mich zwang, schneller zu schwimmen, weg von den schmerzlichen Gedanken. Das Wasser wurde kälter und dunkler. Während ich auf das Schiff zuhielt, betete ich, dass es auf dieser Seite der Insel keine Strömungen gab.

Nach einer Weile machte ich eine Pause, um den Horizont abzusuchen. Zwei schwache Lichter, die mir zugewandt waren. Sie befanden sich weit draußen, aber eindeutig innerhalb des Dreiecks. Die Insel konnte ich schon nicht mehr sehen. Nichts als Dunkelheit, außer – was war das? Etwas flitzte durch das Wasser. Ein Schiff? Ich hielt

den Atem an, während ich Ausschau hielt. Nichts mehr. Es musste der Widerschein des Mondes gewesen sein.
Ich schwamm weiter auf das Schiff zu. Vielleicht konnte ich es ja davon abhalten, uns zu finden, es von der Insel weglocken. Ich musste auf jeden Fall Zeit gewinnen.
Schließlich war ich dicht genug dran, um es in Augenschein zu nehmen: ein Kreuzfahrtdampfer mit drei Reihen Bullaugen und mit Oberdecks, die alle mit Lichterketten erleuchtet waren. Steil ragten die Seiten aus dem Wasser auf.
Ich schwamm drum herum und suchte nach einer Möglichkeit hinaufzukommen. Am Heck hing eine Strickleiter herunter. Ich versuchte sie zu packen, aber ein paar Zentimeter fehlten mir. Ich drückte mich hoch und schnellte aus dem Wasser – vergebens. Sie blieb außer Reichweite. Noch einmal schwamm ich um das Schiff herum und suchte nach etwas anderem. Und dort am Bug entdeckte ich eine Möglichkeit. Den Anker!
Ich packte die Kette und zog mich aus dem Wasser. Meine Schwanzflosse baumelte und schlug noch im Wasser. Keuchend und mit zusammengebissenen Zähnen gelang es mir, mich langsam hochzuziehen. Schließlich hatte ich es geschafft. Ich klammerte mich an die Kette wie ein Koala und war jetzt ganz aus dem Wasser. Innerhalb von Sekunden setzte das kribbelnde Gefühl ein, das ich so gut kannte. Meine Beine hatten sich wieder ausgeformt.

Ich stieg mit den Zehen in die Metallglieder der Kette und kletterte langsam und vorsichtig hinauf.
Ich schwang mich über die Metallreling und landete mit einem Plumps an Deck. Hektisch sah ich mich um. Keiner da. Nur ich und die Dunkelheit und eine Reihe Liegestühle. Mit einem Handtuch, das jemand auf einem der Stühle vergessen hatte, trocknete ich mich ab. Dann ging ich los, um mich nach Lebenszeichen auf dem Schiff umzusehen. Es dauerte nicht lange.
In der Mitte des Decks fand ich eine Treppe und eine Tür, die ins Innere führte. Ganz in der Nähe hörte ich etwas. Ich folgte den Geräuschen wie ein Spürhund. Musik. Gelächter.
Schon bald kam ich aus dem schmalen Gang in einen großen Raum, in dem ein paar Leute versammelt waren. Ich versuchte, ganz unbefangen hineinzuschlendern, als ob ich dazugehörte, auch wenn ich wusste, dass man mich im Nu entdecken würde.
Aber so war es nicht. Ein paar Kinder spielten in einem kleinen Bogengang auf der einen Seite; gegenüber standen ein paar Männer an einer kleinen Bar und tranken. Ein Mann und eine Frau hinter der Bar lachten miteinander. Keiner sah auch nur auf.
Eine Treppe führte nach oben, wo der größte Lärm herkam. *Okay, du schaffst das.* Ich holte tief Luft, zwirbelte noch ein bisschen zögerlich an meinen Haarsträhnen, kaute am Daumen – und stieg schließlich hinauf.

Erst als ich das lange Büfett sah, merkte ich, dass ich am Verhungern war! Ich hatte den ganzen Tag fast nichts gegessen.

Ich schnappte mir einen Teller und stellte mich hinter ein Mädchen in die Schlange, das etwa genauso alt war wie ich. Vielleicht würde sie mir was erzählen können.

»Tolle Ferien, was?«, sagte ich, während wir uns an dem Büfett entlangschoben und Cocktailwürstchen, Kräcker und Chips auf unsere Teller häuften.

»Mhm«, erwiderte das Mädchen durch einen Mund voll Pizza.

»Wie lange es wohl dauert, bis es weitergeht?«, bemerkte ich beiläufig.

Sie schluckte die Pizza hinunter. »Meine Mutter sagt, dass wir eigentlich gar nicht hier sein dürften. Sie meint, dass wir vom Kurs abgekommen sind. Macht aber nichts, wenn wir es dafür zu sehen bekommen.«

Es zu sehen bekommen?

»Genau, find ich auch«, sagte ich und versuchte, ruhig zu bleiben. Ich steckte ein Cocktailwürstchen in den Mund. »Ist es denn schon gesichtet worden?«

Das Mädchen stellte seinen Teller ab. »Weißt du es denn noch nicht?«

»Äh, es ist mir – entfallen. Sag's doch noch mal.«

»Deswegen konnten wir ja überhaupt mit! Mum sagt, dass mehr als die Hälfte der Passagiere in letzter Minute abgesagt haben. Deshalb haben wir noch Plätze bekommen. Bestimmt sind die Leute von *Mermaid Tours* ganz schön sauer auf diesen Kapitän!«

Wovon redete sie nur?

»Echt?«, sagte ich erstaunt. »Was hat er denn gemacht?«, fragte ich und drehte mich schnell weg, um noch eine Handvoll Kräcker zu schnappen.

»Wie kannst du das nicht mitgekriegt haben? Er hat Moody gesehen, was sonst! Zum ersten Mal seit JAHREN, dass man es gesehen hat!«

Ein Stück Kräcker blieb mir mitten im Hals stecken. »Moody?« Ich schluckte verzweifelt.

»Sag bloß, du hast noch nicht von Moody gehört?«

Ich versuchte, unbekümmert mit den Schultern zu zucken und ein fragendes Gesicht zu machen.

»Moody! Das Ungeheuer aus dem Bermudadreieck! Ich hab ja immer dran geglaubt. Mum hat behauptet, dass es nur ein albernes Märchen ist, aber jetzt ist sie sich auch nicht mehr so sicher. Ich hoffe ja nur, dass wir es sehen werden, du nicht auch?«

Ich brachte keine Erwiderung heraus. Ich war wie gelähmt. Ich öffnete zwar den Mund und bewegte sogar etwas die Lippen, aber es kam kein Wort heraus. *Moody?* Das klang nach einer Figur aus einem Comic. Sie hatte ja keine

Ahnung! Ich musste an die schleimigen Fangarme denken, die sich durch den Gang nach mir ausgestreckt hatten; an die Saugnäpfe an den Armen, die sich an den Wänden entlangtasteten; an die Art, wie es sich ausgestreckt und mich mit dem haarigen, spitz zulaufenden Ende berührt hatte.
Ich musste an die Knochen denken.
Und die Leute hier wollten es aufspüren. Was bedeutete, dass es entweder nicht mehr lange dauern würde, bis sie uns fanden – oder bis sie die nächsten Opfer wurden.
»Ich … ich muss jetzt leider gehen«, sagte ich schließlich. Auf wackeligen Beinen entfernte ich mich aus dem Speisesaal.
»Bis morgen dann«, rief sie noch, dann kehrte sie zu ihren Freunden zurück.
»Ja, bis morgen.« *Wie auch immer.*
Stolpernd lief ich die Treppe hinunter. Unten schlug ich eine Richtung ein, die mich, wie ich dachte, zu dem Gang zurückbrachte, durch den ich vorhin gekommen war. Aber ich gelangte stattdessen in einen anderen großen Raum. Gerade wollte ich kehrtmachen, als ich kurz vor mir einen Bordkiosk bemerkte. Er war zwar geschlossen, aber im Schaufenster hing ein Poster. Ich ging hinüber, um es mir genauer anzusehen.
Es war die erste Seite aus einer Zeitung: *The Newlando Times.* **Mutiger Kapitän berichtet von Schrecken auf See**, knallte einem die Schlagzeile entgegen. Ich las weiter.

Die alte Mär von Moody, dem Monster vom Bermudadreieck, fand heute wieder neue Nahrung, als Kapitän Jimmy Olsthwaite von einem hiesigen Fischer aus stürmischer See gerettet wurde.
Kapitän Olsthwaite verlor sein Schiff, als es von etwas angegriffen wurde, das er folgendermaßen beschrieb: »Ein Ungeheuer, das man sich einfach nicht vorstellen kann. Groß wie ein Dinosaurier! Mit einem Dutzend Fangarmen, die sich wie eine Achterbahn um das Boot schlangen!«
Seine Geschichte hat Touristen gleichermaßen verschreckt und entzückt.
Unter den Reisenden, die heute mit dem Dampfer der *Mermaid Tours* in See stachen, befindet sich auch Katie Hartnett: »Das ist ja so aufregend«, berichtete sie der *Newlando Times*. »Meine Eltern haben mir früher, als ich klein war, immer Geschichten von dem Dreieck-Monster erzählt – aber wir haben natürlich nie geglaubt, dass es wirklich existiert!«
Zahlreiche andere Passagiere haben ihre Kreuzfahrt abgesagt. Unter ihnen war auch der Rentner Harold Winters: »Wir wollten eine friedliche Reise, keinen Schrecken fürs Leben«, sagte er.
Dass der Kapitän das Ungeheuer tatsächlich gesehen hat, ist noch nicht von anderer Seite bestätigt worden. Die Küstenwache gibt zu bedenken, dass es sich auch um eine Halluzination handeln könnte, ausgelöst von dem traumatischen Kentern seines Bootes und der Rettung aus Seenot.
Es heißt, dass drei weitere Personen mit dem Kapitän auf dem Segler waren. Weder sie noch das Boot sind bisher geborgen worden.
Das Boot gehörte einem Reiseunternehmen namens *Mermaid Tours*.

Benommen taumelte ich von dem Kiosk fort. Es war wie in einem Albtraum, in dem man irgendwo feststeckt, davonzukommen versucht, aber keinen Weg hinaus findet.

Jeder Schritt führt einen nur noch tiefer in den Horror hinein.
Ich war wieder an Deck angekommen. Ich lehnte mich über die Reling, mein Magen drehte sich. Im Mund hatte ich einen Geschmack nach Eisen. Ich schaute aufs Meer hinab, das in der Dunkelheit nachtblau aussah. Kleine helle Schaumkronen leuchteten weiß im Wasser, das gegen die Schiffswände schwappte. Dort unten war noch ein Schiff. Ich konnte die Umrisse gerade noch erkennen. Eine kleine Yacht. Es sah aus, als würde sie auf uns zukommen. Vielleicht überprüften sie, ob die Rettungsboote in Ordnung waren oder so etwas. Na, die würden sie auch bald benötigen, es sei denn, ich konnte ein Wunder bewirken.
Ich musste etwas unternehmen! Ich konnte nicht einfach hier stehen bleiben und aufs Meer starren.
Da hatte ich eine Idee.
Ich rannte Treppen hoch, Leitern hinunter, Gänge entlang, pochte an Türen, rief durch offene Fenster: »MOODY! DAS SEEUNGEHEUER!«
Leute strömten aus ihren Kabinen. Bademäntel wurden um nackte Bäuche und Boxershorts gezerrt, Frauen kamen in seidenen Nachthemden aus ihren Kajüten, Kinder in zerwühlten Schlafanzügen.
»*Moody!*«, rief ich allen zu, die ich erblickte. »Das Monster! Ich habe es gesehen!«
»Wo?« Staunen und offene Münder.
»Da drüben!« Ich streckte den Finger aus – in die ent-

gegengesetzte Richtung der Insel. Unbeirrt deutete ich immer wieder in die falsche Richtung. »Sagt es weiter. Benachrichtigt die Mannschaft!« Ich rannte weiter, während die Menschen auf der entsprechenden Seite des Schiffs zusammenliefen: Alle starrten aufs Meer hinaus, alle wollten sie unbedingt etwas entdecken, von dem ich verzweifelt wünschte, dass ich es nie wiedersehen müsste. Ich musste den Kapitän suchen.

Ich lief weiter durch die Gänge – bis ich mit jemandem zusammenstieß.

»Hör mal, was soll das alles?« Es war eine Frau in Uniform. Sie packte mich bei den Ellbogen und hielt mich auf Armeslänge fest.

»Ich muss den Kapitän finden«, keuchte ich. »Ich hab das Ungeheuer gesehen!«

Die Frau runzelte die Stirn. »Aber ja, meine Liebe. Ganz bestimmt. Nun komm mal mit, warum lässt du dich nicht …«

»Es stimmt wirklich!«, brach es aus mir hervor. »Ich kann es beweisen. Es ist … es ist …«, sprudelte ich los. Die Erinnerung daran nahm mir kurz den Atem. Ich fing nochmal an. »Es ist riesig und es hat Fangarme.«

»Wir haben alle die Zeitung gelesen, Herzchen«, sagte die Frau lächelnd. »Aber wenn du eine Ausrede brauchst, um den Kapitän zu besuchen, dann sag es doch einfach. Er freut sich immer, wenn junge Leute sich mal seine Kabine ansehen wollen.«

Bingo! »Okay!«

Die Frau schüttelte milde den Kopf, während sie auf eine Treppe deutete. »Da geht's hinauf. Oben nach rechts, dann geradeaus und durch die Tür am Ende des Ganges. Aber erst schön anklopfen. Er mag es gar nicht, wenn man einfach reinplatzt.«

»Danke!« Ich nahm immer drei Stufen auf einmal.

Ich polterte an die Tür. *Mach schon, mach schon!*

Keine Antwort. Nun mach schon! Keine Zeit für Höflichkeiten. Ich drückte die Klinke herunter. Die Tür flog auf.

»Ich muss mit dem Kapitän reden«, sagte ich atemlos, während ich in den Raum stürzte.

Zwei Männer saßen vor einer Menge von Armaturen und tranken Kaffee. Einer drehte sich auf seinem Stuhl herum. »Immer schön langsam. Was ist denn –«

»Sind Sie der Kapitän?«

»In der Tat«, sagte er, »und du kannst hier nicht einfach –«

»Ich hab das Seeungeheuer gesehen!«

Der Kapitän beugte sich in seinem Stuhl vor. »Das Seeungeheuer?«

Ich nickte.

Sein Ausdruck entspannte sich, und er lächelte. »Also,

hör mal zu. Soll ich dir vielleicht mal was über dieses Seeungeheuer erzählen?«, fragte er. Ich schluckte und nickte wieder.

Er senkte die Stimme. »Es gibt überhaupt keins.«

Ich fixierte ihn. »Doch! Ich hab es gesehen!«

Der Kapitän lehnte sich wieder zurück. »Na gut, dann erzähl mal. Riesending mit Fangarmen, stimmt's?«

»Ja! Genauso hat es ausgesehen!«

»Na gut.« Er lächelte, dann lachte er mich aus. Ich musste ihn irgendwie überzeugen.

»Es ist … gigantisch!«

»Hmm. Sonst noch was?«, fragte der Kapitän gelangweilt.

»Die Fangarme … sie laufen spitz zu.«

Er wandte sich wieder seiner Kaffeetasse zu. Ich zermarterte mir das Gehirn. *Was noch … was noch?*

»Und sie sind haarig! Und sie haben ganz große Saugnäpfe von vorne bis hinten!«, brachte ich hervor.

Der Kapitän stellte die Tasse ab. »Was haben sie?«, fragte er, und sein Gesicht wurde plötzlich ernst, und er sah mich aufmerksam an.

»Und sie sind … grün und an der Unterseite grau und warzig.« Meine Stimme versagte, als ich wieder an den Anblick denken musste. Meine Zähne schlugen aufeinander.

Der Kapitän wandte sich dem anderen Mann zu. »Genau das Gleiche hat mein Freund von der Küstenwache auch gesagt.«

»Sir, der Zeitungsbericht …«
Der Kapitän schüttelte den Kopf. »Diese Einzelheiten standen aber nicht drin. Komm schon, Mann. Sieh den Tatsachen ins Auge. Du hast doch auch die Armaturenanzeigen gesehen. Du weißt doch auch, dass wir hier feststecken und die Maschinen hohl drehen wie ein Auto, das im Schlamm steckt. Irgendwas stimmt nicht, und es wird Zeit, dass wir uns damit befassen.«
Er kam mitsamt seinem Stuhl näher an mich herangerollt und beugte sich zu mir herüber. »Also gut«, sagte er, »dann erzähl mir mal lieber, wo genau du das Ungeheuer gesehen hast.«

Ich hatte es geschafft! Das Schiff hatte die Richtung geändert, und wir steuerten von der Insel weg.
Ich schlich über das leere Deck. Jeder an Bord stand wohl auf der anderen Seite und starrte in die Dunkelheit, um etwas zu sehen, was der allgemeinen Meinung nach einen Sensationsurlaub versprach. Ich dachte an die umherpeitschenden Fangarme, den mit Knochen bedeckten Grund und zitterte. Wenn sie nur wüssten! Zu ihrem Besten hoffte ich, dass sie es nie erfahren würden.
Ich musste zur Insel zurück. Vielleicht konnte ich mich ja doch schuldig bekennen. Wenn ich Neptun erzählen

würde, was ich hier getan hatte, wie ich einen ganzen Kreuzfahrtdampfer voller Leute davon abgehalten hatte, uns zu entdecken, dann verzieh er mir vielleicht.
Ich sah mich ein letztes Mal um, um sicher zu sein, dass mich niemand bemerkte, dann glitt ich wieder ins Wasser.
Kurze Zeit später strömte wieder das vertraute, warme Gefühl durch meine Beine, die sich zu dem Fischschwanz zurückformten. Hell glänzte er im Mondlicht.
Um mich herum schienen Fische zu tanzen. Ich konnte ihre Umrisse in der Dunkelheit erahnen. Sie freuten sich wohl mit mir. Vielleicht war das ein Zeichen. Alles würde wieder gut werden. So schwamm ich dahin, voller Hoffnung, dass ich alles, was in den letzten zwei Wochen geschehen war, irgendwie wieder richten konnte. Vielleicht würden Shona und ich wieder beste Freundinnen, und die Insel wäre in Sicherheit. Vielleicht würde der Krake ja sogar weiterziehen, und unser Leben in unserem neuen Zuhause würde endlich richtig beginnen.
»EMILY!«
Ich erschrak, drehte mich im Wasser um und sah zum Schiff zurück. Zwei Leute beugten sich auf dem Oberdeck über die Reling und winkten wie wild. Warum waren sie nicht auf der anderen Seite, wo sich alle Übrigen befanden? Vorsichtig schwamm ich zu dem Schiff zurück.
Da erkannte ich, wer es war: Mum, schlank und drahtig. Mit flatterndem Haar fuchtelte sie mit den Armen herum.

Jemand war bei ihr. Überlebensgroß und in ein schwarzes Cape gehüllt. Millie! Was zum Teufel –

»Emily!«, brüllte Mum erneut.

Ich schwamm näher an das Schiff heran, doch es kam allmählich in Fahrt. Ich kam kaum mit.

»Pass auf, die Schraube!«, kreischte Mum. »Komm nicht zu nah ran!«

Millie hatte sich neben ihr auf einen Liegestuhl sinken lassen und den Kopf in die Hände gestützt. Ein kleines Boot war an einer Boje festgemacht, wo vor wenigen Minuten noch der Dampfer gelegen hatte. Es war das Boot, das ich auf uns hatte zukommen sehen. Ich erkannte es jetzt wieder: Es war unser altes Hausboot! Sie waren mir gefolgt!

»Mum! Was macht ihr denn da oben?«

»Wir haben dich suchen wollen, aber du warst gerade hinuntergesprungen! Es war Millies Idee. Die Vision, das Schiff. Sie hatte dich nämlich an Bord gesehen.«

»Was? Das habt ihr ja gar nicht gesagt.«

Millie stand auf und taumelte herüber, um sich an der Reling festzuklammern. »Ich hab's für mich behalten«, jammerte sie. »Ich fand, dass es sich verrückt anhörte. Ich hab doch gehört, was man so über mich sagt.« Sie beugte sich über die Reling. »Es tut mir leid, Emily. Ich war zu besorgt um meinen Ruf.«

»Wir hatten nicht erwartet, dass sie heute Nacht schon wieder starten«, rief Mum.

Himmel! Schon wieder meine Schuld. *Wieder* hatte ich alles schlimmer gemacht. Das Schiff war ja nur wegen mir losgefahren. Und jetzt schwamm es immer schneller davon – und nahm Mum mit sich!

»Mum!« Ich bemühte mich, das Tempo zu halten. Sie versuchte, mir etwas zuzurufen, aber ich konnte sie nicht mehr verstehen. Ich konnte sie sogar kaum noch sehen, als das Schiff schneller wurde.

»Mum!«, schrie ich noch einmal nutzlos in die Dunkelheit.

Während das Schiff davonglitt, ließ ich mich von der Strömung tragen. Ich hatte keine Kraft mehr. Ich trieb von dem Schiff und von der Insel fort, von allem, was mir wichtig war. Tränen rannen mir übers Gesicht, während ich in der Dunkelheit vor mich hin weinte.

Und da –

Ein Geräusch.

Geplätscher, Scharren. Was war das? Ich rieb mir mit der Hand übers Gesicht.

Ich hatte mich verfangen – in was? Seetang? Ich schlug mit der Flosse und meinen Armen um mich. *Bitte nicht das Ungeheuer.* Ich sah mich um.

Ein Netz! Ich war in einem Netz gefangen! Ein Mann hielt es fest und zerrte an einem Stück Seil, zog mich durchs Wasser und stieß sich mit Schwimmflossen vorwärts.

Ich schlug mit der Schwanzflosse und versuchte dagegenzuhalten, aber er war zu kräftig. Ich wehrte mich und kämpfte und biss in das Netz, riss mit den Fingern daran, schnitt mir jedoch nur in die Hände und zerkratzte mich überall. Die Maschen waren wie aus Draht. Es gab keine Möglichkeit zu entwischen. Ich riss am Netz und schrie, während der Mann mich durchs Wasser zog.

Bald wurde das Wasser wärmer und flacher. Wir waren auf einer winzigen Insel: eine kleine Sandbucht mit ein paar Palmen, ein kleines Boot, das an einem Pfosten festgemacht war, und eine provisorische Laterne, die am Strand stand. Der Mann verknotete mein Netz an dem Pfosten.

Er schob seine Taucherbrille und den Schnorchel auf den Kopf zurück. Ich konnte sein Gesicht in dem schwachen Lichtschein nicht genau erkennen. »Ich tu dir nichts«, sagte er ganz außer Atem vor Anstrengung. »Vertrau mir.«

Ich erwiderte nichts.

»Kannst – du – sprechen?«, fragte er mit lauter Stimme.

Ich reagierte einfach nicht.

»Warte hier«, sagte er, als ob ich eine Wahl gehabt hätte. Er verschwand den Strand hinauf, während ich weiter an dem Netz riss und zerrte und freizukommen versuchte. Einen Augenblick später kam er mit jemandem zurück.

»Dad, du bist doch total besessen«, sagte die Stimme eines Mädchens. »Es ist mitten in der Nacht!« Die Stimme kam mir bekannt vor. Aber das konnte ja nicht sein.

»Ich hab's doch gesagt, oder etwa nicht?«, antwortete der Mann, während sie näher kamen. »Ich hab's gesagt. Ich *hab's* doch gesagt. Glaubst du mir *jetzt* vielleicht?« Er deutete in meine Richtung. Die andere Person watete auf mich zu und spähte durch die Dunkelheit zu mir her. Als sie näher kam, konnte ich ihr Gesicht gerade im Schein der Laterne ausmachen.

Es war –

Es war –

Ich zog scharf die Luft ein, zuckte zurück in das Netz, mit dümmlich offenstehendem Mund. Das konnte doch nicht sein. Wie …?

Ich kannte die Person. Kannte sie gut. Und ich hatte nicht geglaubt, sie jemals wiederzusehen.

Dad hat endlich einen Fisch gefangen.
Halleluja.
Er schreit und brüllt, ich soll kommen und ihn ansehen. Man könnte meinen, sonst hätte noch nie jemand im Meer einen Fisch gefangen.
Aber es ist kein Fisch. Er hat jemanden dabei.
»Ich hab's doch gesagt! Ich hab's doch gesagt!«, schreit er. »Hab ich nicht gesagt, ich würde 'ne Nixe fangen? Glaubst du mir *jetzt* vielleicht?«
Ich komme näher und bemerke einen Fischschwanz. Nein! Das kann doch nicht sein!
Tatsächlich! Er hat wirklich eine Meerjungfrau gefangen!
Sie dreht sich um. Ich sehe ihr Gesicht, ihr mausfarbenes Haar, die dürren, mickrigen Ärmchen. Das *kann* einfach nicht sein. Es ist unmöglich! Aber es ist so. Es ist wahr. Ich packe die Laterne und geh weiter, während ich die Meerjungfrau anstarre.
Es ist Emily Windsnap!
Und plötzlich fällt es mir wieder ein. Ich erinnere mich an alles! Das Schwimmbecken, den Schwimmunterricht. Ehe sie ge-

gangen ist, ist sie noch einmal zu uns gekommen und hat angegeben, wie üblich. Und sie hat einen Fischschwanz gehabt! Sie ist vor uns rumgeschwommen und hat damit gewedelt. Hat mich angegrinst, als ob sie sagen wollte, sie hätte nun doch gewonnen. Es hat ihr nicht gereicht, dass alle sie so toll fanden. Julie, der Schwimmlehrer – alle mochten sie lieber als mich, alle meinten, sie wäre besser als ich. Sie musste es mir unter die Nase reiben, was? Dass die anderen recht hatten.

Wie hatte ich das nur vergessen können?

Da war noch was hinterher – jemand hat Gebäck an uns verteilt. Und dann ist alles verblasst. Waren da Drogen drin oder so was? Und was zum Kuckuck macht sie *hier*?

Unsere Blicke treffen sich. Sie ist genauso entsetzt wie ich.

»Mandy«, sagt sie.

Ich fasse mich rasch wieder. »Oh, hallo Emily«, sage ich ganz nett und ruhig. Ich schnaube verächtlich und drehe mich nach Dad um. »Was für einen Müll bringst du denn da mit?«

Dad nimmt Taucherbrille und Schnorchel ab. »Was redest du da, Mandy? Das ist 'ne Meerjungfrau!«

»Dad, hast du sie dir mal genau angesehen?«

Er starrt mich eine Sekunde lang an, ehe er sich zu Emily umdreht und dann wieder zu mir. Ich kann fast sehen, wie die Erkenntnis in sein Gehirn sickert. Er deutet auf Emily. »Aber das ist ... die sieht ja aus wie ...«

»Genau, Dad«, sage ich und versuche, ein gelangweiltes Gesicht zu machen oder zumindest so zu tun, als ob ich mir denken kann, was hier eigentlich los ist. »Das ist Emily Windsnap.«

»Aber wie ... aber sie ist ...« Seine Stimme verhallt. Er sieht sie wieder an, dann mich. »Sei doch nicht albern, Mandy«, sagt er plötzlich. »Das ist doch niemals Emily Windsnap. Sie sieht ihr nur ein bisschen ähnlich. Das hier ist eine Meerjungfrau!«
Mum kommt an den Strand. »Was ist denn los, Jack?«
Dad rennt auf sie zu, ignoriert mich und ignoriert die Wirklichkeit, wie es scheint. »Keine Zeit, Maureen«, sagt er. »Wir müssen uns fertigmachen. Wo ist unser ganzes Zeug?«
»Was für Zeug?«
»Alles. Alles, was wir brauchen. Pack es ins Boot. Wir hauen ab, sobald es hell wird.«
»Abhauen?« Ich folge Dad aus dem Wasser. »Was meinst du mit abhauen? Wohin denn?«
Dad bleibt stehen und dreht sich nach mir um. »Wir fahren heim, Mandy. Mit unserer Meerjungfrau. Wir retten den Pier. Genau wie ich gesagt habe.«
Er rennt auf das Boot zu.
»Aber es ist doch kaputt!«, halte ich ihm entgegen und gehe ihm nach. »Wir sind gekentert, weißt du nicht mehr?«
»Ich hab Tag und Nacht an dem Boot gearbeitet«, ruft er zurück. »Ich glaube, man kann wieder damit segeln. Packt eure Sachen und schlaft ein bisschen. Beim ersten Morgengrauen fahren wir los.«
»Mum?«
Mums Blick ist leer. Sie sieht aus, als ob sie die Hoffnung schon aufgegeben hat. »Ich habe keinen blassen Schimmer, was hier los ist«, sagt sie. »Was hat er denn da im Netz?«

Ich lasse sie stehen, damit sie selbst nachsehen kann, und folge Dad zum Boot. Vielleicht können wir ja doch noch alles hinkriegen. Vielleicht hat er ja recht. Versuchen kann man es ja, denke ich mal. Alles ist besser, als den Rest unseres Lebens hier auf dieser blöden Insel zu vergammeln. Selbst wenn es bedeutet, dass wir mit dem *Fischmädchen* nach Hause segeln müssen.

Das Boot scheint gerade so fahrtüchtig zu sein. Es wäre besser, wenn Dad etwas Ahnung vom Segeln hätte. Wir schlingern nur so durch die Gegend. Dauernd schreit er Mum etwas zu, zum Beispiel »Rüber nach Steuerbord!« und »Wir müssen kreuzen! Achtung, der Baum! Nach Lee!«.

Sie schreit zurück, aber ihre Worte werden vom Wind weggeweht und vom Wasser fortgewaschen, das über das Achterdeck spritzt. Auch egal. Ihrem Ausdruck nach ist es wahrscheinlich das Beste, wenn keiner von uns versteht, was sie da sagt.

Ich muss mich sowieso um Emily kümmern. Muss das Netz im Auge behalten und aufpassen, dass es sich nicht löst. Kommt nicht in Frage, dass sie abhaut.

»Hast du's auch schön bequem da unten?«, rufe ich ihr zu. Sie wird hinterhergezogen wie einer, der Wasserski fährt. Sollte sich für die Freifahrt bedanken. »Gefällt dir dein kleiner Ausflug?«

»Was habt ihr mit mir vor?«, jammert sie. Sie hat Angst. Gut so.

»Ach, hat Dad dir das nicht erzählt? Wir nehmen dich mit zurück nach Brightport.«

Das Boot schlingert und schaukelt, deshalb kann ich ihre Antwort nicht hören. Nur so eine Art Aufschrei aus dem Netz. Man könnte fast Mitleid mit ihr haben.

Von wegen!

»Ja, wir wollen dich dort ausstellen«, fahre ich fort, als sie wieder an die Wasseroberfläche kommt. Das Haar ist ihr vom Meerwasser aufs Gesicht geklatscht. Ich lächle zu ihr hinunter.

»Hey, vielleicht kommen deine alten Mitschüler alle mal zu Besuch. Das wäre doch nett für dich, oder?«

»Was ist mit meiner Mutter? Sie sitzt auf einem Dampfer fest! Ich muss sie finden! Und mein Vater? Lass mich ihm wenigstens eine Nachricht schicken!«

»Ganz bestimmt!«

»Mandy, ich brauche dich!«, ruft Dad.

»Bin bald wieder zurück«, schreie ich zu ihr hinunter. »Geh nicht weg. Ach, entschuldige, ich vergaß, kannst du ja nicht!«

Ich stehe auf, um zu sehen, was Dad will. Aber ich muss gar nicht fragen. Das Boot liegt ganz ruhig; es herrscht völlige Stille. Aber vor uns ist etwas, das ich schon fast vergessen hatte. Der schwarze Fleck, der sich im blassen Morgenlicht wie ein Ölteppich vor uns ausbreitet und uns hineinzieht.

»Dad, was sollen wir machen?«

Er schüttelt den Kopf. »Ich hab keinen Schimmer, Liebes. Wir müssen da irgendwie durch.«

Mum kommt langsam an der Seitenwand entlang auf uns zu.

»Jack, bist du verrückt? Hast du vergessen, was letztes Mal passiert ist? Die letzten vierzehn Tage, in denen wir Essen zusammenklauben mussten wie Bettler, nachdem wir fast ertrunken sind? Und den armen Kapitän? Hast du alles vergessen?«

»Was bleibt uns denn für eine andere Wahl, Maureen?«

»Darüber können wir nachdenken, sobald du uns hier weggebracht hast. Ich jedenfalls will aber nicht mein Leben aufs Spiel setzen, wenn *das* der Gewinn ist!« Sie deutet auf die Wasserfläche vor uns, die wie eine Glasscheibe schimmert.

»Und ich hab keine Lust, den Rest meines Lebens von Nüssen und Beeren zu leben!«, schreit Dad. »Und ich werde auch nicht zurückkehren und zusehen, wie mein Haus und meine Existenz zerstört werden.«

»Lieber bringst du uns alle um, was?«, kreischt Mum.

»Mum! Dad!« Ich versuche, zwischen sie zu treten, aber plötzlich schlingert das Boot, und ich schlittere über das Deck. Wir fangen an, uns zur Seite zu neigen. Wir werden wieder davon angezogen.

Es hört sowieso keiner von beiden zu. Lieber schreien sie sich an, als sich Gedanken zu machen, was zu tun ist.

»Dad!«, schreie ich und klammere mich an die Reling, während das Boot immer weiter kippt. Ich falle fast über Bord. Emily ist da unten in ihrem blöden Netz. Ich werde hier draußen untergehen, nur wegen ihr. Nicht zu fassen!

Das Boot macht wieder einen Satz.

»Ich kann euch helfen«, kommt eine Stimme von unten.

»Was?«

»Ich helfe euch.«
Das Boot legt sich schräg, und ich packe die Reling noch fester. Gischt spritzt uns von allen Seiten entgegen und durchnässt mich, während wir durchs Wasser schlingern. Mit erbarmungswürdigem Blick aus großen, feuchten Augen sieht sie mich an. Ich wende mich ab. Bestimmt spielt sie mir nur was vor.
»Warum solltest du?«, frage ich.
»Ich will nicht, dass ihr sterben müsst«, sagt sie.
»Das soll ich dir wohl glauben?«
»Ich hab schon genug auf dem Gewissen«, ruft sie herauf. »Das brauche ich nicht auch noch. Ihr könnt mich im Netz behalten, aber lass ein Seil herunter. Ich ziehe euch weg.«
Ich werfe Mum und Dad einen Blick zu. Sie haben aufgehört, sich anzuschreien. Mum versucht, zu mir herüberzukommen. Sie hält sich nicht mal irgendwo fest.
»Mum! Bleib, wo du bist!«
»Wirf das Seil runter!«, schreit Emily. »Oder wollt ihr umkommen?«
Ich werfe einen Blick auf das Tau. Es hängt aufgewickelt an einem Haken. »Aber dass du nicht versuchst, uns reinzulegen, ja?«
»Los, wirf!«, ruft sie. »Gleich ist es zu spät.«
Ich stürze aufs Achterdeck. Ein letzter Blick auf das Wasser vor uns, dann nehme ich das Tau vom Haken. »Aber ich warne dich«, rufe ich, während ich es ins Wasser werfe.
Mit einem Aufklatschen landet die Rolle im Wasser. Nichts. Wo ist Emily? Sie ist verschwunden! Ich lasse den Blick über

die Wasseroberfläche gleiten. Wo steckt sie? Sie muss doch irgendwo dort unten sein?
Ich starre so unbeirrt aufs Wasser, dass es mir vorkommt, als ob es die Farbe verändert und dunkler wird. Es wird tatsächlich dunkler! Und da drin ist etwas. Irgendwas mit riesigen grauen Umrissen – etwas gigantisch Großes.
Ohne Vorwarnung bricht es durch die Wasseroberfläche. Ein durchdringender, kreischender Sirenenton steigt zum Himmel, als sich ein olivgrüner Fangarm erhebt, hoch über uns, dann niederfährt und sich wie ein Bogen über unser Boot wölbt.
Nein!
»Mandy!«, schreit Emily. Wo ist sie? Wusste sie, dass das Ding da lauert? Hat sie das verursacht?
Das Monster hebt das Boot aus dem Wasser, hoch in die Luft. Ich kann die Unterseite seines Fangarms sehen. Er sieht wie ein Riesenwurm aus, der sich streckt und wieder zusammenzieht, glitschig und klumpig. Ich schnappe nach Luft, muss würgen und falle an die Bordwand und halte mich verzweifelt an der Reling fest.
Mit einem übermächtigen Krachen lässt das Ding uns wieder aufs Wasser fallen, dass es um uns herum nur so aufspritzt.
Wir sind ja solche Idioten! Wie konnten wir das nur *wieder* passieren lassen? Das ist allein *ihre* Schuld. Sie hat das heraufbeschworen. Sie hat uns irgendwie ausgetrickst.
Das Ding hat uns im Griff mit seinen unzähligen Fangarmen, die das Boot mit Schleim überziehen, herumtasten, nach Gegenständen suchen, an denen sie sich festklammern und die sie

packen können. Ich schlittere über das Deck. Überall ist Wasser. Das Ding saugt das Boot in die Tiefe, schleudert uns herum und wirft uns erst in die eine und dann in die andere Richtung. Gleich werden wir im Wasser landen. Ob ich beten sollte?
Als ob beten helfen würde.
Das Einzige, was mir Mut macht – während das Boot umhergeschmissen wird, während ich mich an der Reling festklammere, die Luft anhalte und eine Schwimmweste packe –, ist ein einziger Gedanke: *Das zahle ich dir heim, Fischmädchen. Das werde ich dir so richtig heimzahlen.*

6

Totale Stille. Absolute Dunkelheit.

Was war geschehen? Wo befand ich mich?

Ich rieb mir die Augen und versuchte, mich zu bewegen. Ich war noch in dem Netz und saß unter einem Felsen fest. Aus der Dunkelheit kam eine längliche Gestalt auf mich zu. Sie sah aus wie ein U-Boot, das am Meeresgrund entlanggleitet, oben schwarz und unten weiß. Am Bauch schlugen große Flossen. Während das Ding näher kam, riss es das Maul auf. Gezackte Zahnreihen oben und unten: so scharf wie Brotmesser.

Ein Killerwal!

Ich packte das Netz, rieb es heftig an einer Kante des Felsens und sägte und schabte wie verrückt. Meine Finger wurden wund und blutig, doch ich zerrte und riss weiter an dem Netz. *Los! Los! Reiß endlich auf!*

Der Faden fing an auszufransen und zu reißen. Ich war fast draußen.

Doch dann fing das Wasser um mich zu strudeln an, wurde im Kreis nach oben gewirbelt, immer schneller, wie in einem Whirlpool.

Es war wieder da.

Die See füllte sich mit riesigen Fangarmen, die sich wanden und um sich griffen und sich festsaugten. Ich duckte mich tief unter den Felsen und betete, dass es mich nicht finden würde.
Klatsch! Die Fangarme knallten nur ein paar Meter von mir entfernt auf den Felsen. Ein großes Stück brach ab und zerbröckelte auf der Stelle. Ich schlug wild mit der Schwanzflosse. Meine Zähne klapperten so stark, dass mir der Kiefer weh tat.
Ratsch! Wieder schlugen die Fangarme zu, und ein kreiselnder Schwarm von Pfeilhechten stob auseinander, dann suchten die Arme sich ein anderes Opfer.
Und fanden es auch! Den Wal! Mit weit aufgerissenem Maul schlug der Wal um sich und schnappte nach dem Ungeheuer. Ich hockte unter meinem Felsen, während der Krake näher kam, und zum ersten Mal sah ich sein Gesicht. Ich schlug die Hand vor den Mund und unterdrückte einen Schrei.
Der Kopf war gehörnt und voller knotiger Beulen, und zu beiden Seiten hatte er riesige weiße Augen. Als er das Maul öffnete, entblößte er Zähne, die wie blitzende Dolche aussahen. Nachdem das Maul kurz aufgerissen war, krachten die Zähne wieder aufeinander und schnappten zu, immer wieder, und rissen an dem Wal und zerfetzten ihn. Das Ungeheuer ließ nicht locker und schleuderte den Wal hin und her, während Fangarme und Hörner und Zähne ihn gleichzeitig in Stücke rissen.

Schließlich ließ das Gewirbel nach. Der Hexenkessel beruhigte sich. Das Meer wechselte allmählich die Farbe, und Blut sickerte in die Felsspalten um mich herum. *Verschwinde, verschwinde*, wiederholte ich stumm, bis das Wasser wie durch ein Wunder wieder ruhig wurde, fast, als hätte es mich gehört.

In der Dunkelheit fing ich zu weinen an.

Mum.

Ich sah sie ständig vor mir, wie sie sich über die Reling nach mir ausstreckte, verzweifelt und schreiend, während sie immer weiter fortgetragen wurde. Das Bild schnitt mir ins Herz wie Draht. Ich rollte mich zusammen und versuchte, es zu verscheuchen.

Ich musste Mandy und ihre Eltern finden. Sie waren jetzt meine einzige Hoffnung. Ich zerrte an dem Netz, bis ich ein Loch gerissen hatte, das groß genug war, um mich durchzuquetschen. Dann stahl ich mich aus meinem Versteck und zwang mich, nicht an das zu denken, was ich gerade mitbekommen hatte, obwohl mein zitternder Körper es mir schwermachte, die Szene zu vergessen. Ich spähte durch das Wasser. Nichts. Er war fort.

Ich verließ die Felsen und suchte verzweifelt nach etwas Vertrautem. Bald kam ich an eine tiefe, sandige Stelle mit

Felsen zu beiden Seiten. Drum herum wogten und wallten die Seepflanzen und umgaben mich wie ein dichter Vorhang. Ich schwamm den sandigen Tunnel entlang, bis ich an ein Felsenriff kam, das voller Löcher und Vorsprünge und grauer Spitzen war, die wie Burgen und Berge aussahen.

Ich kämpfte gegen das Entsetzen an, das in mir aufstieg. Die Gegend war mir keineswegs bekannt. Ich hatte mich total verirrt. Ein großer, missmutiger grauer Fisch schwamm stumm vor mir her, lauernd wie ein Habicht. Er durchbohrte mich mit seinem Blick aus leuchtend blauen Augen, als ich an ihm vorbeischwamm.

»Wer ist da?«

Eine Stimme! Eine männliche Stimme.

»Halt! Kein Zutritt!«, rief die Stimme wieder. Ich hielt an.

»Wer bist du?«, blubberte es aus mir heraus.

Schweigen. Dann: »Tu, was ich dir sage. Ich bin bewaffnet. Verstehst du?«

Bewaffnet?

»Ich – ja, ich verstehe.« Verstehen? Tat ich natürlich nicht! Ich verstand überhaupt nichts mehr.

Aus den Schatten kam eine dünne, schlaksige Gestalt auf mich zugeschwommen. Ein junger Meermann, wohl um die zwanzig. Aus einem Bündel auf seinem Rücken zog er ein Stück Angelleine. »Streck die Arme aus.«

»Wer bist du? Warum sollte ich –«

»Tu, was ich sage!«, fuhr er mich an und griff nach etwas an seiner Seite, das wie ein Messer aussah. Ich streckte schnell die Arme vor mir aus und sah zu, wie er sie zusammenband. »Hier lang.«

Mit diesen Worten wandte er sich um, schwamm los und zog mich hinter sich her. Alle Gedanken an meine Mutter und den Kraken und Mandy wurden dadurch fortgeschwemmt – ich wurde zum zweiten Mal an einem Tag gefangen genommen. Ich ließ mich mitziehen. Was blieb mir auch anderes übrig? Diesmal hatte ich keine Kraft mehr zu kämpfen.

Das Riff zog sich in Windungen dahin, eine Mondlandschaft mit kunstvoll angelegten Gärten. Tiefbraune Pflanzen umrandeten Felsabgründe; runde, kieselartige Korallenbrocken klebten an allen Oberflächen; dicke, grüne, schwammige Röhren schwangen hin und her und erhoben sich drohend, als wir über sie hinwegschwammen. Ich warf beim Schwimmen einen Blick auf den Meermann. Er hatte einen dünnen grauen Fischschwanz, der an einer Seite von oben bis unten mit Silberringen gepierct war. Wallendes blondes Haar fiel ihm über die Schultern, und um seinen Hals hing eine Kette aus Knochen.

Wir kamen an eine Höhle, vor deren Eingang ein Vorhang aus grünem und blauem Seegras hing. Um den Eingang waren Kristalle in den Fels eingelassen.

»Hier hinein.« Er schubste mich vor sich her.

»Wo sind wir?«

»Wirst du schon sehen.«
Innen wölbte die Höhle sich zu einer riesigen Kuppel auf. Die Wände waren mit Kristallen, Juwelen und Gold gepflastert. Ein Mosaik aus Edelsteinen in allen Farben bedeckte den Meeresgrund: ein runder Körper mit wirbelnden Armen …
»Wo sind wir?«, stieß ich hervor. »Wer bist du?«
»Das wirst du früh genug rausfinden«, erwiderte er. Wir hatten inzwischen eine Art Gebäude erreicht. Es sah aus wie eine Burg oder die Ruine einer Burg. Halb eingestürzte Türmchen waren mit Diamanten gefüllt; um bröckelnde Mauern häuften sich pastellfarbene Schmucksteine. Das Tor war ein riesiger Bogen mit Marmorsäulen zu beiden Seiten. Als wir näher kamen, sah ich, dass auf jedem Pfeiler ein Relief angebracht war: ein goldenes Seepferd.
Diesen Torbogen kannte ich! Ich hatte ihn schon mal gesehen oder zumindest einen, der ihm sehr ähnlich war.
»Das ist einer von Neptuns Palästen, nicht?«, fragte ich und schauderte, als ich feststellte, dass wir über ein Mosaik schwammen, das wie die Fangarme eines Kraken aussah.
Der Meermann reagierte nicht.
Hinter dem Bogen hing ein Kronleuchter von der hohen Decke und bimmelte sacht mit den Wellenbewegungen. Das bestätigte meine Angst. Neptun hatte mich entdeckt.

Wir duckten uns tief, um durch einen kleineren Torbogen zu schwimmen, der wie die anderen mit kunstvollen Juwelen geschmückt war. Vor uns lag eine Holztür. Der Meermann hielt inne, um sein Haar glattzustreichen. Dann drehte er an einem polierten Messingknopf und stieß mich hinein.

Wir waren in einem kleinen Gemach. Ein Steintisch mit eingelassenen Muscheln nahm den halben Raum ein. Schneckenmuscheln und Austernschalen lagen auf der Tischplatte verstreut. Dahinter wandte sich ein älterer Meermann um, als wir eintraten. Er hatte einen struppigen Bart und starrte mich mit dunklen Augen an, so dass ich lieber anhielt.

»Was hast du denn da gefunden, Kyle?«, fragte der Meermann mit tiefem Brummen. Beim Reden streichelte er etwas, das ganz still an seiner Seite lag. Es sah wie eine Riesenschlange aus. Grünlich gelb, mit bernsteinfarbenen Teddybär-Augen. Seine Kiemen öffneten und schlossen sich langsam, genau wie sein Maul. Langsam schwenkte es den Kopf herum, um mich in Augenschein zu nehmen. Eine Muräne!

Starr vor Angst, öffnete und schloss ich den Mund ebenfalls. Kein Wort kam heraus.

»Sie ist eingedrungen, Sir«, antwortete Kyle kurz.

»Binde sie los. Sie wird nicht versuchen davonzuschwimmen, wenn sie klug ist.« Der alte Meermann lächelte seinem Haustier zu. Es sah gierig zu ihm auf und streckte sich so hoch, dass es fast seine Größe erreichte.

Kyle verzog seine kantigen Züge zu einer Grimasse, während er die Angelleine losmachte. Ich rieb mir die Handgelenke. »Erzähle uns, wie du hierhergekommen bist«, forderte er mich auf.

»Ich weiß es nicht!«, sagte ich und riss den Blick von der Muräne los. »Ich weiß nicht mal, wo ich bin. Ich hatte einen Unfall, habe mich verirrt, und du hast mich gefunden.« Indem ich versuchte, das Beben meiner Stimme zu verbergen, fuhr ich fort: »Kann ich nach Hause?«

»Nach Hause?« Der alte Meermann beugte sich zu mir herüber. Die Muräne ringelte den Hals zu einer Spirale auf und schloss die Augen. »Wo soll das denn sein?«

Ich wandte den Blick ab. »Auf der Rundum-Insel.«

Die beiden tauschten einen Blick. Was hatte das zu bedeuten? Erschraken sie?

»Die Rundum-Insel?«, platzte es aus Kyle heraus. »Dann weißt du Bescheid über –«

»Kyle!«, fuhr ihn der ältere Mann an. »Überlass das mir.«

»Aber sicher. Tut mir leid.« Kyle zog sich zurück und verneigte sich leicht.

Der alte Meermann tätschelte die Muräne und schwamm dann auf mich zu. »Nun gut«, fuhr er mit einer Stimme fort, die so schleimig war wie die Muräne. »Ich glaube, wir kennen uns noch nicht. Ich heiße Nathiel. Und du bist …?«

»Warum sollte ich dir sagen, wer ich bin?« Mein Herz schlug heftig gegen meine Rippen. »Warum lasst ihr mich nicht gehen? Was habt ihr mit mir vor?«

Nathiel lachte und wandte sich ab. »Fragen, nichts als Fragen. Wo sollen wir anfangen, Kyle?«

Kyle scharrte mit seiner Schwanzflosse und fummelte an seiner Kette herum. »Ähm …«

Nathiel machte eine Geste, dass er schweigen solle. »Na gut, kleines Mädchen. Ich sag dir, wer wir sind. Wo du so freundlich warst, uns zu besuchen. Wir sind dein schlimmster Albtraum … oder deine besten Beschützer. Das hängt davon ab, wie du deine Lage in diesem Moment betrachtest.«

»Ihr seid nicht mein schlimmster Albtraum«, sagte ich mit pochendem Herzen. »Mein schlimmster Albtraum ist viel schlimmer als ihr!«

»Tatsächlich?« Nathiel schwamm weiter auf mich zu, und sein Ausdruck zeigte keinerlei Freundlichkeit oder Nachsicht. Er ruckte mit dem Kopf, und die Muräne erhob sich, entrollte sich und glitt hinter ihm her. Ich zuckte, als sie sich fast bis zu meinem Gesicht streckte.

»Weißt du, wie mächtig wir sind?«, fragte Nathiel mit ruhiger, beißender Stimme. Ich schüttelte rasch den Kopf, ohne die Muräne aus den Augen zu lassen. »Wir sind die

Auserwählten Neptuns, seine Elitetruppe, die Einzigen, denen er seinen bestgehüteten Schatz anvertraut.« Nathiel kam einen Zentimeter näher, und seine kalten Augen leuchteten mich an. »Wir, kleine Besucherin, sind die Hüter des Kraken.«

Eine Million Fragen drängten sich in meinem Kopf zusammen. »Die Hüter des Kraken? Aber wenn ihr, wenn es …«

Nathiel lachte ein kehliges Lachen, das durch den Raum hallte. Die Muräne reckte sich langsam hoch. Sie war ungefähr dreimal so groß wie ich. *Bitte mach dein Maul nicht auf, mach bloß dein Maul nicht auf,* betete ich stumm, während sie mit dem Kiefer zuckte.

Nathiel schnippte mit dem Finger, und die Muräne glitt ans Ende des Raumes und rollte sich wieder zu einem tadellosen Knäuel zusammen.

»So«, sagte Nathiel, »das war meine Seite der Vorstellung. Ich finde, es ist an der Zeit, dass wir etwas mehr über dich erfahren. Du musst wissen, dass wir einiges über die Rundum-Insel wissen, nicht wahr, Kyle?«

Kyle kam herangeschwommen. Er lächelte genauso spöttisch wie Nathiel und erwiderte: »Neptun erzählt uns nämlich alles.«

»Richtig. Zum Beispiel berichtet er uns von Meerleuten, die das Gesetz brechen.« Nathiel kam noch näher herangeschwommen. »Von Meerleuten, die an Orten herumschnüffeln, wo sie nichts verloren haben«, fügte er hinzu, und mit bebenden Nasenflügeln rückte er mir noch mehr auf die Pelle. »Meerleute, die seinen geliebten KRAKEN WECKEN!«, brüllte er.

»Aber ich … woher wisst ihr das?«, rief ich. Ich zitterte am ganzen Körper. Das Wasser um meine Schwanzflosse schäumte. Ich versuchte, sie still zu halten.

Kyle starrte Nathiel an. »Genau – woher weißt du das?«

»Ich hab es nicht gewusst!«, erwiderte Nathiel. »Sie ist mir direkt in die Falle geschwommen, was? Komm schon, Kyle. Was bekommt man, wenn man einen ausgerissenen Kraken zusammenzählt mit einer Insel voller Meerleute, die nichts davon wissen, und mit einem verängstigten Meermädchen, das eindeutig davongeschwommen ist, weil es was angestellt hat? Das liegt doch auf der Hand.«

»Wir haben sie also gefunden?«, fragte Kyle.

»Wir haben gute Arbeit geleistet.« Nathiel tätschelte Kyle den Arm. »Neptun wird sehr zufrieden mit uns sein. Höchst zufrieden.«

»Neptun? Ihr wollt es ihm sagen?« Meine Stimme zitterte.

»Aber sicher! Darum geht es doch. Ist dir nicht klar, in was für einer Gefahr wir alle stecken, du törichtes Mädchen?«

»Aber Neptun! Er wird ja so wütend auf mich sein.«
»Das ist uns doch Flosse wie Schuppe«, fuhr Kyle mich an. »Wir brauchen dich. Wir alle. Du kannst dabei nicht nur an dich denken.«
»Was meinst du? Wie kann ich euch von Nutzen sein?«
Nathiel schüttelte den Kopf. »Kyle, ich hab genug von dem Gejammer. Ich glaube, es ist an der Zeit, den Boss hinzuzuziehen.«
»Den Boss? Neptun? Kommt er her?«, krächzte ich.
»Nicht Neptun, nein. Einer von seinen vertrauenswürdigsten Helfern.« Nathiel nahm ein Tritonshorn auf. Er wandte sich von mir ab und sprach leise hinein. Ich konnte nicht verstehen, was er sagte. Rasch sah ich mich im Raum um und suchte nach einem Schlupfloch. Mein Blick begegnete dem der Muräne. *Versuch es nur,* schien sie zu sagen. Zitternd drückte ich mich gegen die Wand.
»Er wird in Kürze hier sein.« Nathiel legte das Tritonshorn wieder hin und ordnete einige der Muscheln auf dem Pult.
Einen Moment später ging die Tür auf. Vor Angst schloss ich fest die Augen. Jemand kam auf mich zugeschwommen. Ich biss mir so fest auf die Lippe, wie ich konnte, um nicht zu weinen.
»Nun, wen haben wir denn hier?«, sagte eine Stimme. Eine gruselige Stimme.
Eine sehr vertraute Stimme.
Ich riss die Augen auf und blickte in ein schiefes Lächeln

und in ein Paar ungleicher Augen: eines grün, das andere blau.
Das konnte doch nicht sein!
»Hallo, Emily«, sagte Mr Beeston.
Er wandte sich den anderen zu. »Gute Arbeit, ihr beiden«, sagte er und ließ etwas um meine Handgelenke schnappen. Handschellen aus Hummerbeinen! Sie schnitten ein und schmerzten.
Dann schob er mich auf die Tür zu. »Ab hier übernehme ich sie«, sagte er, dann wandte er sich um und lächelte mich wieder schief an. »Es ist an der Zeit, dass wir uns wieder ein wenig näherkommen.«

Wie konnten sie das geschehen lassen? Schon das zweite Mal! Ich kann meine Eltern nicht *verstehen*. Ich verstehe nicht, dass ich mich überhaupt auf diese Ferienreise eingelassen habe.
Wir halten uns an unserem nutzlosen, kaputten Boot fest, liegen darüber und klammern uns an Seile. Das einzige Problem ist, dass es mit dem Kiel nach oben schwimmt! Wie lange noch, ehe es sinkt und unser Urlaub endlich *ganz* zu Ende ist? Und zwar mit Stil! Ich klammere mich fester an das Tau, während uns die Dünung auf und ab trägt. Mein Magen schaukelt mit.
Haben wir es hinter uns, das, was immer es sein mochte, die große, glasige Fläche mitten im Meer?
Und das andere Ding.
Ich weigere mich, daran zu denken. Es ist einfach nicht geschehen. Mum und Dad haben nicht darüber gesprochen. Ich muss es mir eingebildet haben. War im Delirium, so muss das gewesen sein. Es waren wahrscheinlich nur die Wellenbrecher. Oder eine Vision, denn ich hatte es ja schon mal gesehen. Eine Erinnerung. Ja. Genau. Eindeutig. Eine Fata Morgana.

Man muss sich keine Gedanken machen. Ich bin eben nur verrückt geworden.

»Maureen, Mandy – seht mal!« Dad lässt mit einer Hand das Tau los und deutet aufs Meer hinaus.

Da ist ein Schiff. Es kommt auf uns zu!

»Winkt! Alle beide! Strampelt mit den Beinen!«, schreit Dad. Zum ersten Mal in unserem Leben gehorchen Mum und ich ohne Widerworte.

Das Schiff kommt immer näher. Haben sie uns gesehen? Das *müssen* sie! Außer uns bewegt sich meilenweit nichts in der Gegend. Wir strampeln und kreischen, und jedes Atom in uns schreit voller Hoffnung um Hilfe.

»Ich kann nicht mehr, Dad. Meine Beine sind so müde.« Ich höre einen Moment auf zu strampeln und hole Luft. Das Schiff hat angehalten. Sie haben uns doch nicht gesehen. Das war's dann wohl. Jetzt können wir nichts mehr machen. Die Erkenntnis trifft mich wie ein Eisbrocken: Wir werden sterben.

Aber dann bemerke ich, dass etwas an das Schiff angebunden ist.

»Seht!«

Sie lassen ein Rettungsboot zu Wasser! Es kommt uns holen.

Wir sind gerettet!

7

Mr Beeston löste die Hummerzangen von meinen Handgelenken und zog ein paar quallenartige Kissen hervor. Er bedeutete mir, mich auf einem niederzulassen, und setzte sich auf das andere. Ich hatte ihn fast nie als Meermann gesehen. Er war halb Mensch und halb Meerwesen wie ich, der einzige andere dieser Art, dem ich je begegnet war. In beiden Rollen sah er unheimlich aus – mit seinen schiefen Zähnen und seinem schiefen Lächeln und den unterschiedlichen Augen, mit denen er einem Seitenblicke zuwarf.

Wir waren in einem blasenförmigen Raum. Er kam mir wie das Innere einer riesigen, runden Muschel vor. Keine Fenster, nur ein kleines Loch mit einem Kreuz aus dicken Eisenstäben. Bleistiftdünne Lichtstrahlen drangen durch die Dunkelheit. Ein schwarzer Korallenbarsch mit schimmernden violetten Punkten und einem leuchtend gelben Schwanz wand sich zwischen den Strahlen hindurch.

Ich versuchte ruhig zu bleiben. Aber meine Gedanken hörten nicht auf, sich zu überschlagen. Was würden sie mit mir machen? Würde mich jemand finden? Dad? Shona? Suchten sie überhaupt nach mir? Und was war mit Mum und Millie? Das Herz tat mir weh beim Gedanken an die beiden auf dem Dampfer. Sie waren bestimmt schon meilenweit weg.

»Was machen Sie denn hier?«, fragte ich benommen. Unter den Millionen von Fragen, die mir durch den Kopf rasten, war es die einzige, die sich in Worte fassen ließ.

»Überrascht, mich zu sehen?« Seine Stimme glitt wie Schleim durch den Raum.

»Natürlich bin ich überrascht, Sie zu sehen! Wer passt auf den Leuchtturm in Brightport auf?«

»Auf den Leuchtturm?« Mr Beeston lachte. »Emily, warum sollte ich auf den Leuchtturm aufpassen?«

»Das ist doch Ihre Aufgabe.«

»Der Leuchtturm war nur Tarnung. Das weißt du doch.«

»Ach so, ja. Natürlich«, sagte ich dumpf. Ehe wir Brightport verlassen hatten, hatte ich herausgefunden, dass Mr Beeston einer von Neptuns Spionen war und dass er uns überwacht hatte, um sicherzugehen, dass wir nie von Dad erfahren würden. Tja, das war dumm gelaufen, was? Ich hatte meinen Vater gefunden. Ich hatte Mr Beeston also schon einmal überlistet. Vielleicht gelang es mir wieder.

»Aber das erklärt noch nicht –«

»Bin befördert worden«, sagte Mr Beeston, und sein schiefes Grinsen verzog seine Mundwinkel. »Wegen meines Mutes und guter Arbeit.«

»*Gute Arbeit?*«, platzte es aus mir heraus. »So nennen Sie das, Mum und mich an Neptun zu verraten? Sie haben so getan, als ob Sie unser Freund wären. Wir hätten ins Gefängnis geworfen werden können, genau wie mein Vater.«

Ich drückte die Augen zusammen und presste mir die Fingernägel fest in die Handflächen. Ich würde nicht weinen. Diese Genugtuung sollte er nicht haben.

Mr Beeston schlug nervös mit der Schwanzflosse. »Ich … tja, Emily, ich habe eben meine Pflicht getan. Und außerdem wurde ich hier gebraucht. Sie sind dabei, diesen Palast wieder aufzubauen. Es gibt eine Menge für mich zu tun: die Arbeiten hier in der Gegend koordinieren und immer die Kiemen offen halten, falls es irgendwelche Vorfälle im Zusammenhang mit dem Kraken gibt.« Er sah mich vorwurfsvoll an.

»Und was wollen Sie mit mir machen?«

»Mit dir machen? Es geht darum, was *du* für *uns* tun musst.«

»Wie meinen Sie das?«

Mr Beeston rutschte auf seinem Kissen vor, und ich wich auf meinem zurück. Er presste die Lippen zusammen. »Ich bin immer noch ein Beauftragter Neptuns, hörst du?«, sagte er barsch. »Einer der höchstrangigen inzwischen. Und wenn ich dir sage, dass du etwas tun musst, dann tust du das. Autorität darf man nicht anzweifeln.«

Ich verschränkte die Arme, schlug ängstlich mit der Schwanzflosse und wartete, dass er fortfuhr.

»Wir sind alle in großer Gefahr. Der Krake ist los. Er muss beruhigt und zu Neptun zurückgebracht werden.«

»Aber was hat das mit mir zu tun?«

Er blickte mich lange Zeit an, ehe er erwiderte: »Du, Emily, bist die Einzige, die es tun kann.«

Jemand hämmerte von außen an unsere Kapsel. Mr Beeston öffnete die lukenförmige Tür, durch die wir gekommen waren. Kyle schwappte mit einer plötzlichen Welle herein, die mich gegen die Wand warf.

»Sir«, sagte er außer Atem. »Ich habe ihn gesehen. Er kommt näher. Die See … wird rau.«

»Danke, Kyle. Gute Arbeit«, sagte Mr Beeston.

»Er nähert sich dem Palast!«, sagte Kyle schwer atmend. »Ich glaube, er ist hinter uns allen her. Wir müssen möglicherweise fliehen.«

»Fliehen? Hast du nicht alle Flossen beisammen, Junge?«, bellte Mr Beeston. »Hast du den falschen Job? Du bist nur zu einem einzigen Zweck hier. Hast du mich verstanden?«

»Ja, Sir.« Kyle wurde rot. »Verzeihung.«

»Nun lass ihn nicht aus den Augen. Ich kümmere mich darum. Ein bisschen Vertrauen!«

Kyle entfernte sich und ließ eine wirbelnde Wolke Sand zurück.

»Können Sie mir irgendwas von alldem erklären?«, fragte

ich, während Mr Beeston wieder auf mich zugeschwommen kam. Ein winziger silberner Fisch schwebte auf ihn zu und glitt an seinem Bauch vorbei. Er schlug ihn fort.

»Der Krake ist Neptuns persönliches Haustier«, hob Mr Beeston an.

»Das weiß ich.«

»Und er schläft hundert Jahre. Wenn er nicht genug Schlaf bekommt, wacht er mit einer Mordswut auf.«

»Das weiß ich auch.«

»Fall mir nicht dauernd ins Wort, Kind! Ich erzähle dir die Geschichte auf meine Weise oder gar nicht.«

Ich hielt den Mund.

»Keiner außer Neptun darf sich dem Kraken nähern, wenn er schläft. Neptun ist der Einzige, der ihn wecken darf. Und nur zum richtigen Zeitpunkt. Wenn er nämlich aufwacht, ist die einzige Person, auf die er hört, diejenige, die ihn geweckt hat, diejenige, die er als Erste sieht, wenn er die Augen aufschlägt. Das sollte immer nur Neptun sein. Aber diesmal warst du es.«

»Sie meinen …?«

»Genau, Emily. Der Krake gehorcht nur dir und keinem sonst.«

Das verschlug mir die Sprache. Meine Lippen bewegten sich. Mein Mund öffnete sich. Schloss sich wieder. Nichts. Der Krake würde nur mir gehorchen, sonst keinem? Ich ließ mich zu Boden sinken. Mein Kopf war leer, meine Glieder taub. Ein feiner Sonnenstrahl warf eine schräge

Linie durch den Raum wie ein staubiger Laserstrahl und beleuchtete Kleinkrebse, die an den Wänden hingen. Der Strahl leuchtete auf und erlosch, verwischt von der steten Bewegung des Wassers.

»Was soll ich tun?«, fragte ich schließlich.

»Wir müssen schnell handeln. Neptuns Macht über den Kraken wird höchst geachtet. Man geht einfach nicht davon aus, dass er je von einem anderen geweckt wird. Die meisten Meerleute halten sich an diese Regel.« Er unterbrach sich und warf mir kurz einen finsteren Blick zu. »Erst musst du an den Rand des Dreiecks, wo der Zauberbann am stärksten wirkt.«

»An den Rand des Dreiecks?«, keuchte ich. »Meinen Sie den reißenden Strom, der in die tiefsten Tiefen des Ozeans führt?«

»Unsinn!«, fuhr mich Mr Beeston an. »Das tut er nicht. Das erzählen wir den Leuten nur, damit sie sich davon fernhalten.«

»Wohin führt er dann?«

»In das Reich des Kraken.«

»Ins Reich des Kraken?« Meine Stimme versagte. Irgendwie klang das nicht gerade einladender als die tiefsten Tiefen des Ozeans.

»Der Ort, wo du mit dem Ungeheuer Kontakt aufnehmen kannst. Du musst zum Rand des Dreiecks und ihm von Angesicht zu Angesicht gegenübertreten.«

»Von Angesicht zu Angesicht?«, brach es aus mir hervor.

»Mit dem Kraken?« Ich konnte dem Ungeheuer nicht noch einmal gegenübertreten. Bitte nicht! Ein Bild bohrte sich in meinen Kopf: die grässlichen Fangarme, die tasteten und um sich schlugen und peitschten und den Tunnel zerstörten. Meine Augen fingen zu brennen an vor lauter Tränen. Es war mir inzwischen egal, ob Mr Beeston mich weinen sah. Ich konnte sie nicht zurückhalten.

Er sprach leise weiter. »Es ist die einzige Möglichkeit.«

»Was passiert dann?«, wollte ich wissen und schluckte heftig. »Wenn wir am Rand des Dreiecks sind?«

»Er kommt zu dir. Er hört auf dich.«

»Und ich kann die Lage retten?«

»Was? Ja, natürlich kannst du die Lage retten.«

»Und er macht, was ich ihm sage?«

»Wie schon gesagt, er hört nur auf dich. Du allein hast die Macht über seine gewaltigen Kräfte.«

Plötzlich wurde mir bewusst, was Mr Beeston da sagte. Ich konnte das alles beenden. Ich konnte den Kraken in den Griff bekommen. Er würde auf mich hören. Ich könnte ihn beruhigen, und alles würde wieder gut. Ich musste ihm nur noch einmal gegenübertreten.

»Okay«, sagte ich, »ich mach es.«

Mr Beeston lächelte sein schiefes Lächeln. »Das hab ich doch gewusst.

Da ist nur noch eine Sache«, sagte er und blieb an der Tür stehen. »Du warst doch wirklich allein, als du den Kraken geweckt hast, oder?«

»Ich … warum wollen Sie das wissen?«, brauste ich auf.
Mr Beeston kam wieder auf mich zugeschossen. Er beugte sich so nah zu mir, dass ich die gezackten Spitzen seiner krummen gelben Zähne sehen konnte. »Wenn sonst noch jemand dabei war, als der Krake aufgewacht ist, muss er oder sie wieder dabei sein.«
»Warum?«, fragte ich verzagt.
»Emily, wenn noch jemand dabei war, bedeutet das, dass der Krake nicht dir allein gehorcht. Wen immer er beim Aufwachen gesehen hat, dem gehorcht er – ob das nun eine Person ist oder ob es zwanzig sind. Wir brauchen alle, oder der Plan wird misslingen.«
»Ich …«
Ich schaffte es nicht. Es ging nicht! Nicht nach allem, was passiert war. Ich würde Shona nicht mit hineinziehen. Dann müsste man sich eben etwas anderes ausdenken.
»Es war niemand dabei«, sagte ich schließlich mit knallroten Wangen.
Mr Beeston packte mich am Arm und schüttelte mich, als hätte ich einen elektrischen Schlag bekommen. »Du lügst! Du *musst* es mir sagen. Es war jemand bei dir, ich weiß es. Wer ist es?«
»Das kann ich Ihnen nicht sagen!«, schrie ich. Tränen rannen mir über die Wangen. »Ich kann es nicht. Sie können mich nicht zwingen.«
»Oh, ich glaube, du wirst merken, dass wir das sehr wohl können«, zischte er.

Ich schluckte. »Und wenn ich mich weigere?«
Mr Beeston zuckte leicht. »Dann wird der Krake nicht aufhören, bis er alles in seinem Umkreis zerstört hat. Die Wellen, die wir hier sehen – du weißt, dass das nur der Anfang ist.«
Ich dachte zurück an das, was ich bereits erlebt hatte: wie der Krake Mandys Boot zerschmetterte, was er mit dem Riff gemacht hatte, den Felsen, dem Wal … Aber konnte ich Shona wirklich zumuten, ihm noch einmal gegenüberzutreten? Konnte ich sie so verraten? Das wäre das endgültige Ende unserer Freundschaft.
»Ich … ich überlege es mir«, stotterte ich.
Er schwamm zur Tür hinüber. »Überleg es dir nicht zu lange, Emily«, sagte er leise. »Zeit ist etwas, was wir nicht haben.«

Also, das ist ja mal was ganz anderes! So hätten unsere Ferien von Anfang an aussehen sollen. Ein Luxus-Kreuzfahrtdampfer, Liegestühle, Swimmingpool, Getränke umsonst. Wir kriegen sogar eine Sonderbehandlung von der Crew wegen unseres Traumas.

Ja, alles ist super.

Außer, dass ... Tja, außer dass Mum und Dad kein Wort miteinander geredet haben, seit man uns gerettet hat. Wenn sie in der Nähe sind, ist die Atmosphäre so eisig, dass man meinen könnte, die Kreuzfahrt ginge in die Antarktis. Und keiner von beiden kümmert sich um mich. Sie haben mich kaum mal angesehen, seit wir hier sind.

Also ist es nicht nur so, dass mein Zuhause abgerissen wird; meine Familie bricht auch noch auseinander. Das ist einfach toll. Wir sind wieder da, wo wir angefangen haben, nur noch schlimmer.

Und dann ist da noch Emily. Abgesehen davon, dass ich mich frage, was sie hier überhaupt macht, und ganz zu schweigen von der Tatsache, dass sie plötzlich eine *Meerjungfrau* ist, kann ich einfach nicht fassen, dass ich sie wieder die Oberhand habe bekommen lassen.

Bald fahren wir wieder los. Sie haben schon versucht fortzukommen, aber irgendwas stimmt nicht mit dem Schiff. Aus irgendeinem Grund kann es den Kurs nicht halten. Sie arbeiten dran, und wenn sie es geschafft haben und wir losfahren, habe ich überhaupt keine Gelegenheit mehr, es Emily heimzuzahlen. Dann trägt sie den Sieg für immer davon.

Da hat Dad einmal wirklich einen genialen Plan – und wir lassen ihn uns wieder aus den Fingern gleiten. Wenn ich sie nur finden könnte. Zwei Fliegen mit einer Klappe schlagen. Das Fischmädchen zurückbekommen *und* unser Heim retten. Das wäre doch echt genial.

Vielleicht geht es ja noch. Wer sagt denn, dass es zu spät ist?

Ich gehe auf das Hinterdeck und versuche, mir etwas auszudenken, da höre ich Stimmen. Drei Leute stehen bei den Rettungsbooten. Eine Frau wedelt mit den Armen herum und schreit jemanden an, der eine Uniform der *Mermaid Tours* trägt.

»Warum, zum Kuckuck, können Sie es nicht einfach hinunterlassen?«, schreit sie. »Ich weiß doch, dass Sie eines benutzt haben, um eine Familie an Bord zu holen. Wir müssen runter von dem Schiff! Ich muss meine Tochter suchen!«

»Madam, die Familie war in Seenot. Wir konnten sie doch nicht ertrinken lassen«, antwortet der Steward. »Und Sie wollen mir ja nicht sagen, wo Ihre Tochter sich aufhält. Sie wollen mir nicht mal sagen, wie Sie heißen. Da können Sie kaum erwarten, dass ich die Vorschriften des Schiffs breche, nur weil Sie und Ihre Freundin in einem Rettungsboot rumschippern wollen.«

Die andere blickt auf. In dem Moment erkenne ich sie. Eine dicke Frau in schwarzem Cape. Das ist Mystik-Millie, die verrückte Frau, die in Brightport am Pier den Touristen aus der Hand gelesen hat! Was zum ...

»Ein Kind ist in Not«, sagt sie. »Mehr müssen Sie doch nicht wissen. Wir haben Dinge gesehen. *Ich* habe Dinge gesehen. Und wenn Sie mir das zu bemerken erlauben, ich bin ziemlich bekannt dafür, dass meine Visionen eintreffen. Stimmt das nicht, Mary P.?«

Die andere Frau wendet den Kopf und nickt. Ich ducke mich hinter einen Plastik-Container mit Taucherausrüstungen, damit sie mich nicht sieht. Aber ich habe ihr Gesicht erkannt. Das ist Mrs Windsnap! Was machen die denn hier?

Sie entfernen sich. Das Ende des Gesprächs kann ich nicht hören. Aber dann habe ich eine Idee. Sie wollen vom Schiff runter, um Emily zu suchen. Das bedeutet, dass sie irgendwo in der Nähe sein muss.

Ich könnte sie mir doch noch holen! Sie ist wahrscheinlich ganz in der Nähe. Ich könnte sie suchen und mich dann mit einem von den Rettungsbooten retten lassen. Jemand muss etwas unternehmen – und es sieht ja nicht so aus, als ob Mum oder Dad sich die Mühe machen. Sie sind zu sehr damit beschäftigt, sich aus dem Weg zu gehen. Ich hab *so* die Nase voll von ihnen. Nicht, dass sie mich vermissen würden. Aber wenn ich auf See verlorengehe, dann wird es ihnen leidtun!

Ich reiße den Container mit einem Ruck auf und durchstöbere den Inhalt. Da gibt es alles Mögliche: Schwimmwesten, Schwimmringe, Luftmatratzen, Schnorchel, Taucherbrillen, Schwimmflossen.
Ehe ich es mir wieder ausreden kann, schnappe ich mir, was ich brauche, und klettere eine Strickleiter hinunter, die fast bis ins Wasser reicht. Ich werde es tun. Ich hol sie zurück und rette unser Zuhause. Ich werde zur Heldin. Mandy Rushton, das Mädchen, das Brightport mit einem Schlag berühmt gemacht hat. Jawohl!
Ich lasse mich ins Wasser fallen. Einen Augenblick lang macht mich die Kälte benommen. Was mache ich hier eigentlich? Das Schiff entfernt sich zügig. Zu spät, um mich anders zu entscheiden. O Gott, was *mache* ich nur?
Da taucht Emilys Gesicht vor mir auf, und es fällt mir wieder ein. Ich setzte die Taucherbrille auf und schwimme los.
Ich kann bis auf den Meeresgrund sehen. Es ist unglaublich: so klar, so blau! Kleine gefleckte Fische, schwammige rötliche und grüne Seepflanzen, fast so groß wie Bäume. Da unten befindet sich eine ganze fremde Welt.
Etwas anderes macht mir irgendwie zu schaffen. Eine leise Stimme warnt mich davor, weiterzumachen. Da unten droht etwas.
Aber ich denke nicht darüber nach. Ich weigere mich. Es ist nichts geschehen. Mum und Dad hätten sonst ganz bestimmt irgendwann darüber gesprochen, wenn sie es auch gesehen hätten. Man hat es schließlich kaum übersehen können. Aber

es war wohl doch nur eine Monsterwelle. Eine Fata Morgana. Ich war im Delirium. Das bin ich jetzt nicht! Nie im Leben habe ich einen so klaren Kopf gehabt!
Ich entferne mich von dem Dampfer. Emily muss hier irgendwo sein. Sie kann nicht weit gekommen sein – sie war schließlich in einem Netz. Ich schwimme weiter.
Und weiter.
Und weiter.
Das Korallenriff ist direkt unter mir, ganz pelzig, als ob es von Staub und Flusen bedeckt wäre. Rosafarbene, klebrige, wackelpuddingartige Dinger klammern sich an die Felsen. Ein dumpfer grauer Fisch gleitet auf mich zu. Plötzlich schlägt er mit seinen leuchtend violetten Flossen. Sieht aus wie ein Flugzeug, dem man die Tragflächen bunt angemalt hat.
Wo bin ich?
Ich bin bereits erschöpft. Sie ist nirgendwo zu sehen. Ich lasse mich kurz auf dem Rücken treiben, rücke die Brille zurecht und sehe mich um. Da entdecke ich, wie weit ich schon vom Schiff entfernt bin. Es ist *meilenweit* weg. Was mache ich bloß? Ich bin verrückt geworden! Ich muss wieder zum Schiff zurück.
In der Nähe treibt eine Holzplanke vorbei. Ich habe gerade noch genug Kraft, um hinzukommen. Sieht aus wie ein Stück von unserem Segelboot! Mit klappernden Zähnen klammere ich mich daran fest und versuche mir klarzuwerden, was zum Kuckuck ich als Nächstes machen soll.
Hier ist das Wasser auf einmal dunkel und trüb. Ich tauche unter, um mich umzusehen, kann aber kaum was erkennen. Das

Zeug aus Wackelpudding scheint höher heraufzureichen und nach mir zu greifen. Und eine Menge Seeigel gibt es auch.
Und dann sehe ich etwas aus Schnüren, das an die Oberfläche treibt. Ich schwimme hin, um es zu untersuchen. Es ist ein Stück Netz; bestimmt das von ihr.
Sie ist also entkommen.
Da ist noch etwas. Etwas ganz Großes. Oben schwarz, unten weiß, am Rücken eine große Flosse. Es kommt auf mich zu!
Ich will schreien. Ich weiß, dass ich schreien will – aber es geht nicht. Meine Kehle ist zugeschnürt. Ich würde nicht mal was rausbringen, wenn ich nicht unter Wasser wäre, mitten im Meer, meilenweit entfernt von allem. Das ist das Ungeheuer!
Ich wusste es. Ich hätte auf meine innere Stimme hören sollen!
Ich bin ja so eine Idiotin. Und gleich bin ich eine tote Idiotin.
Vielleicht kann ich entkommen, bevor es mich frisst.
Aber es bewegt sich gar nicht.
Doch, es bewegt sich. Aber nicht auf mich zu. Es treibt dahin, gleitet langsam nach oben. Und es ist doch kein Ungeheuer.
Es ist ein Killerwal. Und er ist tot.
Als er vorbeitreibt, sehe ich mit schaurigem Grauen hin. Aus seiner Seite ist ein Stück herausgebissen. Mein Körper fängt zu zittern an.
Angst überfällt mich, und meine Beine lassen mich im Stich. Da habe ich mich in was reinmanövriert! Okay, Fischmädchen, ich geb's auf. Du hast gewonnen. Es ist mir egal, ich will nur weg von diesem Ort.
Meine Beine scheinen nicht mehr zu funktionieren. Bitte bringt

mich zu dem Schiff zurück! Bringt mich hier weg. Ich tu auch alles dafür. Ich bin nett zu Mum und Dad; ich verzeih sogar Emily, dass sie mich ausgetrickst hat. Bringt mich nur lebend zu dem Schiff zurück. *Bitte!*

Etwas packt mich am Bein. Das ist das Ende. Ich bin erledigt. Ich wehre mich nicht mal. Es geht nicht. Mein Körper fühlt sich so nutzlos an wie der des halbgefressenen Wals. Ich schließe die Augen und warte auf ...

»Wer bist du?«

Was? Ich schlage die Augen auf. Das Gesicht eines Mannes ist vor mir im Wasser aufgetaucht. Jung, fast noch ein Junge. Er packt mich an den Armen. Wo ist der denn hergekommen?

Ich öffne den Mund und verschlucke ein paar Liter Wasser. Er wartet, während ich mich halb zu Tode pruste und den Schnorchel wieder einsetze.

»Komm mit«, sagt er.

Er hält mich immer noch mit einer Hand am Ellbogen und zieht mich durchs Wasser. Während wir schwimmen, sehe ich ihn unter Wasser – und da entdecke ich es. Er ist gar kein Mann. Er ist ein Meermann! Er hat einen langen Fischschwanz mit Silberringen bis zur Schwanzflosse.

Wir schwimmen auf etwas zu, das wie eine Insel aussieht. Als wir näher kommen, entdecke ich, dass es nur eine Ansammlung von Felsen und Höhlen ist. Wir schwimmen durch die Felsen.

»Nathiel!«, ruft der Meermann. Er hält mich immer noch fest und zieht mich hinunter. Schnell rücke ich den Schnorchel zurecht, damit ich Luft bekomme.

Unter uns erstreckt sich ein Kaninchenbau aus Felsen und Tunneln und Höhlen, so weit das Auge reicht. Es ist wie eine zu dicht bebaute Stadt, mit Gebäuden, die so eng aneinandergedrängt sind, wie es nur geht.

Ein alter Kerl mit einem struppigen Bart kommt aus einer weiten Felsspalte hervor. Noch ein Meermann! Wir kommen wieder an die Wasseroberfläche.

»Noch eine?«, sagt er.

»Noch eine was?«, platze ich heraus. »Habt ihr Emily?«

Der junge Meermann sieht den älteren an. »Emily?«, sagt er. »Heilige Haifischflosse, Nathiel – glaubst du, das ist sie?«

Der ältere Meermann wendet sich mir zu. »Bist du Emilys Freundin?«, fragt er.

»Ich ...« Was hat Emily mit alldem zu tun?

»Du hast doch nach ihr gesucht!«, herrscht er mich an und schüttelt mich.

»Ja!«, sage ich rasch. »Ja, ich suche nach Emily. Ist sie hier?«

»Kyle, sag sofort dem Boss Bescheid«, befiehlt der ältere Meermann. »Bring sie erst in die Laternenhöhle. Das ist der einzige sichere Ort über Wasser.«

Kyle wendet sich um und will mit mir davonschwimmen.

»Nein!«

Beide drehen verwundert den Kopf nach mir um und starren mich an.

»Bitte«, sage ich. Eine Träne rinnt mir über die Wange. Es ist mir egal. Unter solchen Umständen würde wohl jeder heulen. Und überhaupt, ich weine gar nicht. Es ist die Sonne.

Sie scheint mir direkt in die Augen. »Bitte lasst mich nach Hause.«
»Wo ist dein Zuhause?«, fragt Kyle.
Gute Frage. Mein Zuhause. Ihr wisst schon, der Ort, der demnächst abgerissen wird, wo ich mit zwei Leuten lebe, die sich nicht ausstehen können.
»Ich muss zurück zu meinen Eltern. Bitte«, schluchze ich wie ein Baby. Ist es schon so weit mit mir gekommen? Ich bettle, dass man mich zu meinen Eltern bringt!
Nathiel fragt: »Und wo sind die?«
»Ich weiß nicht.«
Er dreht sich zu Kyle um. »Bring sie einfach erst mal in die Laternenhöhle. Wir können immer noch –«
»Sie sind auf einem Schiff«, sage ich.
Nathiel dreht sich abrupt zu mir zurück. »Was?«
»Sie sind auf einem Dampfer, da drüben irgendwo.« Ich deute in die Richtung zurück, aus der ich zu kommen glaube. Ich schluchze. Ich kann nicht anders. »Bitte lasst mich dahin zurück.«
Die beiden sehen sich an.
»Ein Dampfer.« Kyles Augen leuchten. »Das ist es. Wir müssen schnell handeln.«
Wovon redet er? »Lasst ihr mich gehen?«, frage ich.
Nathiel wendet sich mir zu und packt meine Schultern. »Du willst also zu deinem Schiff zurück?«, fragt er.
Ich nicke.
»Und du kannst uns zeigen, wo es ist?«
»Ich … ich glaube schon.«

Nathiel lässt mich los. »Wird uns ja direkt auf 'ner Silberflunder präsentiert«, sagt er und lächelt Kyle zu. »Gute Arbeit.«
Kyle wird rot. Er sagt nichts mehr, sondern bringt mich in die Höhle. Ich quetsche mich durch den engen Eingang. Als wir drin sind, weitet sie sich. Sie ist dunkel und unheimlich. Nur ganz undeutlich kann ich seltsame Formen sehen, die von der Decke hängen. Winzige Lichtpunkte, die durch Ritzen weit oben kommen, riesige Felsbrocken mit braunem, schleimigem Zeug, das aussieht, als hätte man einen Schokoladenguss über alles geschüttet.
Er macht eine vergitterte Tür hinter mir zu und verschließt sie von außen. Ich klammere mich an die Stäbe. »Warte!«
»Wir passen schon auf dich auf«, sagt er mit kalter und ausdrucksloser Miene. »Keine Sorge.«
Keine Sorge, denke ich, als er davonschwimmt. Ich klettere aus dem Wasser auf einen Felsvorsprung. Mein Körper zittert, und ich friere. Klar. Ganz eindeutig. Warum sollte ich mir auch Sorgen machen? Also, ich bin ja schließlich nur allein in eine dunkle Höhle eingeschlossen, in der nichts als unheimliche Steinklumpen von der Decke hängen, die wie riesige, krumme Finger aussehen, die auf mich zeigen.
Ich wende mich von den drohenden Fingern ab. Ich muss hier rauskommen. Ich brauche nur einen Plan. Ich werde mir was ausdenken.
Als mich die Dunkelheit umschließt, zittere ich.

8

Zum hundertsten Mal schwamm ich in meiner Zelle umher. »Lasst mich raus!«, brüllte ich und kratzte mit den Händen an den steinigen Wänden. Meine Stimme kam wie ein Echo zurück. Schließlich ließ ich mich in einer Ecke zusammensinken.

Das Nächste, was mir bewusst wurde, war, dass meine Tür rasselte. Ich sprang auf. Mr Beeston kam herein und trug einen Drahtkorb mit Muscheln und Seetang. Er stellte ihn auf einem Felssims neben mir ab. Das Wasser um mich her schwappte heftig, als ich danach griff, und warf mich an die Wand.

»Bemerkst du das?«, fauchte er, als ich nach dem Sims griff, damit ich nicht noch mal an die Wand gedrückt würde. »So geht das jetzt nahezu ständig. Und es wird noch schlimmer, bis du getan hast, was zu tun ist.«

Ich schwieg.

»Iss dein Frühstück«, sagte er und deutete auf den Drahtkorb. »Du brauchst Kraft.«

»Ich hab noch nicht gesagt, dass ich es mache.«

»Nein«, erwiderte er, und sein Gesicht verzog sich zu seinem schiefen Grinsen. »Ich aber.«

»Ich muss schließlich nicht machen, was Sie sagen.« Meine Augenränder brannten.

»Tatsächlich? Dann wird dich unser neuer Besuch auch nicht interessieren. Kyle sagt, dass er jemanden gefunden hat, der deine Ansicht vielleicht ändert.«

»Ein Besucher?«

»Eine Freundin.«

Ich rieb mir rasch die Augen klar. »Sie haben sie hier? Aber woher wussten Sie …?«

»Nun iss mal schnell auf«, knurrte er mit einer Stimme, die mich ganz kribbelig machte. »Es ist Zeit für ein Wiedersehen.«

Wir schwammen zur Wasseroberfläche hinauf, wobei Mr Beeston mein Handgelenk so fest packte, dass es schmerzte. Das Wasser wurde heller und wärmer, als wir durch mehrere Tunnel hinaus ins offene Wasser gelangten. Er zog mich unter ein Felsmassiv, wobei er einen Schwarm gestreifter Drückerfische verscheuchte. Ein Eisentor versperrte eine Lücke zwischen den Felsen.

»Da hinauf«, sagte er.

Mein Herz pochte. Ich würde Shona tatsächlich wiedersehen! Aber was, wenn sie nach allem, was geschehen war, nicht mit mir reden würde? Sie würde mich jetzt wahr-

scheinlich noch weniger ausstehen können, weil sie wieder in die Sache hineingezogen wurde. Ich musste es ihr erklären. »Kann ich allein mit ihr reden?«, fragte ich.
»Wieso das denn?«
»Es geht um was Persönliches.«
»Ach je, Busenfreundinnen«, knurrte Mr Beeston, und sein Knurren verwandelte sich in ein höhnisches Lachen. Er packte mich am Arm, und seine abgebrochenen Nägel zerkratzten mir die Haut. »Ihr könnt fünf Minuten bekommen«, sagte er. Dann fummelte er an dem Schloss herum, und das Tor flog auf. Ich schwamm hindurch und kam in einen schmalen Spalt. »Und dass du nicht meinst, uns austricksen zu können«, rief er mir noch durch die Gitterstäbe hinterher.
»Bestimmt nicht.«
Ich schwamm bis zur Wasseroberfläche hinauf. Ich befand mich in einem kleinen Becken in einer Höhle. Graue Pfeiler standen am Rand und spiegelten sich düster in dem grünblauen Wasser. Ein feiner Sonnenstrahl beleuchtete die Tropfsteine, die wie gefrorene Spaghetti von der Decke hingen. Wo steckte sie?
Ich schwamm zwischen den Pfeilern durch, hinter denen das Becken sich weitete. Glitschige braune Steine lagen überall herum. Dicke Bündel wie zusammengebundene Stangen Dynamit stiegen aus dem Wasser empor, schwarz, als seien sie verkohlt.
»Shona?«, rief ich.

Und da sah ich sie. Mit dem Rücken zu mir saß sie auf einem der Felsen.
Nur, dass es nicht Shona war.
Ihr Haar war kurz und schwarz. Sie drehte sich um. Einen Augenblick sah sie erschrocken aus. Dann zwang sie ihr eckiges Gesicht zu einem verzerrten Lächeln.
»Hallo, Fischmädchen«, sagte sie. Sie sah mich mit einem einschmeichelnden Ausdruck an. Aber ich war sicher, dass ihre Stimme etwas bebte. »Lange nicht gesehen.«

»Mandy!«
»Na, geht's dir gut?«
»Ob es mir *gut*geht? Meinst du vielleicht, eingefangen und in einem Unterwassertunnel eingesperrt zu werden, das kommt dem irgendwie nahe, was ich unter *gutgehen* verstehe?«
»Ach, tut mir leid, das hab ich nicht gewusst.«
»Was hast du nicht gewusst?«
»Dass sie dich nicht so sehr mögen wie mich. Hätte ich mir allerdings denken können. Dich mag ja nie einer, oder?«
»Was redest du da?«
»Kümmern sie sich denn nicht freundlich um dich? Haben sie nicht versprochen, dich nach Hause zu bringen?« Sie warf mir einen Blick zu. »Oje. Anscheinend nicht. Tut

mir leid. Ich scheine immer so verletzende Dinge zu sagen, ganz *versehentlich*! Aber mach dir nichts draus. Du kannst ja nichts dafür, dass die Leute dich nicht mögen, oder?«

»Ja klar, Mandy. Ich glaube nicht«, sagte ich und ballte die Hände zu Fäusten.

Mandy zuckte die Schultern. »Die Sache ist eben, dass es einige von uns raushaben, wie wir das bekommen, was wir wollen; andere wieder nicht. Ist einfach Glückssache. Du kannst da wohl nichts dafür.«

»Du faselst ja Unsinn.«

»Wenn du meinst.« Mandy hob einen Stein auf und warf ihn ins Wasser. Ich sah zu, wie die Kreise immer größer wurden und verebbten. Dann sprang sie die Felsen hinauf und wirbelte um die Pfeiler herum. Sie stolzierte in der Höhle herum, als ob es ihre sei.

»Und warum sollten sie dich mögen?«, fragte ich.

Sie hörte auf herumzustolzieren und starrte mich an, mit weit aufgerissenen, unschuldigen Augen. »Warum denn nicht?«

»Womit soll ich anfangen?«, stieß ich hervor.

Mandy zog die Brauen zusammen. »Überhaupt, die sind ganz schön blöd«, sagte sie schnell, dann sah sie mich an. »Ha, das ist es ja. *Die* sind blöd, und du bist auch blöd. Ist doch komisch, was? Man sollte meinen, dass ihr euch besser versteht, weil ihr doch etwas gemeinsam habt. Aber egal, was soll's. Sie bringen mich ja schon bald zu dem Schiff zurück.«

»Zu eurem Boot? Es ist nicht gesunken?«

»Nein, doch nicht zu der alten Sardinenbüchse«, sagte sie lachend. »Nein, zu unserem neuen Schiff. Ach so, hab ich gar nicht erzählt, dass wir von einem Luxus-Kreuzfahrtdampfer gerettet worden sind? Und stell dir vor, sie würden uns am liebsten wie Promis behandeln. Dumm gelaufen, was?«

»Ein Kreuzfahrtdampfer?« Meine Stimme zitterte plötzlich. »Was für ein Kreuzfahrtdampfer?«

»Der, auf dem wir von Anfang an hätten mitfahren sollen. Die Urlaubsreise, die uns *zustand*. Aber keine Angst, jetzt ist alles okay. Sie bringen mich im Laufe des Tages hin.«

»Sie bringen dich hin? Aber warum denn?«

Mandy biss sich auf die Lippe, dann drehte sie sich weg. »Hab ich doch gesagt. Sie mögen mich eben.«

»Mandy, du kannst denen nicht trauen, diesen –«

Unter uns hörte ich Metall auf Metall schlagen. Mr Beeston tauchte auf. »Fünf Minuten sind um.«

»Warum bringen Sie Mandy zu dem Schiff?«, wollte ich wissen.

»Wir gehen alle gemeinsam«, erwiderte er.

»Warum?«

»Es liegt am Rand des Dreiecks«, antwortete er schnell.

»Woher wissen Sie das? Woher wissen Sie, wo es ist?« Ich merkte, wie die Angst mir in die Kehle stieg und in meiner Stimme hörbar wurde. »Es gibt etwas, das Sie mir verschweigen! Warum erzählen Sie es nicht?«

»Du weißt alles, was du wissen musst«, sagte er. »Gehen wir.«
»Das ist aber nicht Shona!«, schrie ich und deutete auf Mandy. »Sie ist nicht meine Freundin. Sehen Sie sie doch an!«
Mr Beeston warf einen Blick auf Mandy, als sie sich umdrehte, und zögerte plötzlich. »Aber das ist … aber du hast doch …«
»Ach, *Sie* sind das«, stieß Mandy hervor und sah ihn zum ersten Mal richtig an. »Könnte mir jemand vielleicht mal sagen, was hier –«
In dem Moment schwappte eine riesige Welle in die Höhle und füllte sie fast bis zur Decke. Mandy verlor den Halt und glitt neben mir ins Wasser. Ich packte sie.
»Nimm die Flossen weg, Fischmädchen«, fauchte sie. »Ich kann auf mich selbst aufpassen!«
»Nein, das kannst du nicht. Du hast ja keine Ahnung, in was du da hineingeraten bist!«, rief ich.
Mr Beeston war unter Wasser verschwunden. Einen Moment später tauchte er wieder auf, heftig gegen die Fluten anschwimmend. Ich trat ihm gegenüber. »Ich tue gar nichts für Sie, wenn Sie mir nicht sagen, was los ist.«
»Möchtest du wetten?«, erwiderte er. Mandy öffnete den Mund, um etwas zu sagen, aber eine Welle schwemmte ihre Worte davon. Sie prustete und schwamm an den Rand des Beckens. Mr Beeston machte einen Satz und packte mich am Arm. Ich versuchte, mich freizumachen,

aber er packte mich nur fester, und seine Finger brannten mir ins Fleisch, während er mich nach unten in die Höhle zu dem Gittertor zerrte.

Mandy schrie etwas, während Mr Beeston mich hinausschob und gegen das brodelnde Wasser ankämpfte. Ich konnte ihre Worte nicht mehr verstehen.

»Was machen Sie mit mir?«, rief ich, während eine Wand aus schäumender Gischt auf uns zukam und mich an eine Felswand drückte. »Was ist los? Sagen Sie es!«

»Begreifst du denn nicht?«, schrie er zurück. »Wir sind hier *allesamt* in Gefahr. Sieh dir das an. So können wir doch nicht leben. Du bist die Einzige, die das richten kann.« Wir hatten meine Zelle erreicht. Er zerrte an meinem Arm und stieß mich hinein. »Und das wirst du auch!«

Ohne ein weiteres Wort wandte er sich ab und ging. Ich hörte, wie der Riegel vorgeschoben wurde.

Ich ließ mich zu Boden sinken und schloss die Augen. Wie hatte es so weit kommen können? Ich hatte doch nur die Insel erkunden und neue Freundschaften schließen wollen. Wie hatte ich es geschafft, solch ein Chaos anzurichten? Ich sah mich in meiner dunklen Zelle um. Schatten zogen an den Wänden vorbei, während die Stunden verstrichen und das Tageslicht zusammen mit meiner Hoffnung verblasste.

»Emily?«

Wer war das? Es klang wie …

»Emily!«

Dad? Ich schwamm an die Tür. »Dad!«, schrie ich.

Die Tür wurde aufgestoßen. Er war es! Er war es tatsächlich! Er schlang die Arme um mich.

»Wie hast du mich gefunden?«, fragte ich und drückte mich an seine Brust.

»Ich –«

»Warte!« Ich zog ihn von der Tür fort, da ich draußen ein Geräusch hörte. »Da draußen ist jemand«, flüsterte ich. »Wie bist du an ihnen vorbeigekommen?«

Dad nahm meine Hände in seine. »Emily«, sagte er mit bedrückter Stimme. Er wich meinem Blick aus.

»Was? Was ist los?«

»Sie wissen, dass ich hier bin.«

»Sie wissen es? Aber wie –«

»Archie«, sagte Dad nur. Er sah mich kurz an und wandte sich dann wieder ab. Er ließ meine Hände los und schwamm in der Zelle herum. »Sie sind zu ihm gekommen«, fuhr er fort. »Haben ihm berichtet, was passiert ist.« Er fuhr sich mit der Hand durchs Haar und zog daran. Es bereitete ihm sichtlich Mühe, die nächsten Worte auszusprechen. Schließlich sah er mich an. »Er hat mir gesagt, dass du nicht allein warst.«

Jetzt fiel der Groschen plötzlich. Ich hatte das Gefühl, er hätte mir einen Stoß versetzt. »Deshalb bist du also gekommen«, sagte ich. »Du willst nur, dass ich dir sage, wer dabei war.«

Dad sah zu Boden. »Es bleibt uns keine Wahl, Emily.«

Mein Hals schmerzte. Er hatte mich also doch nicht gesucht. Er war nur gekommen, weil er gezwungen worden war. Nun, ich konnte es ihm nicht vorwerfen. Warum sollte er mich wiederfinden wollen, nach allem, was ich angestellt hatte?

Dad schwamm wieder auf mich zu. »Emily, ich habe Archie angefleht, herkommen zu dürfen. Er wollte eigentlich selbst kommen.«

Ich schwieg. Ich konnte nichts sagen. Dad hob mein Kinn an und sagte fast ungehalten: »Weißt du noch, wie du mich im Gefängnis gefunden hast?«

Ich nickte und schluckte die Tränen hinunter.

»Das war der glücklichste Tag meines Lebens«, sagte er. »Hast du das gewusst? Und weißt du, was der schlimmste Tag war?«

Ich schüttelte den Kopf.

»Letzte Woche, als ich dachte, ich hätte dich wieder verloren.«

Ich hielt seinen Blick einen Moment lang fest, dann sank ich ihm wieder in die Arme. »O Dad, es ist so furchtbar gewesen!«, rief ich. »Sie wollen, dass ich ihm noch mal gegenübertrete!«

»Ich weiß, Kleines, ich weiß.« Er hielt mich fest an sich gedrückt, während ich schluchzte.
»Es war Shona«, sagte ich schließlich. Ich drückte ihn fester. »Was machst du jetzt?«
»Wir müssen es ihnen sagen, Emily. Du weißt nicht, wie es auf der Insel zugeht. Tropenstürme, Monsterwellen. Eine Seite ist total verwüstet. Alle Bäume sind umgeknickt. Schiffe sind losgerissen, und es soll noch schlimmer werden.« Dad schluckte heftig. »Es gibt noch etwas, das ich dir sagen muss.« Er schob mich von sich und nahm meine beiden Hände in seine. »Es geht um Mum und Millie. Sie haben sich aufgemacht, um nach dir zu suchen, und nun können wir sie nicht mehr finden. Es sind Leute draußen, die nach ihnen suchen, und ich bin sicher, dass sie nicht –«
»Dad! Ich weiß, wo sie sind.«
Er fuhr zurück. »Was?«
»Ich habe sie gesehen.« Ich erzählte ihm alles: das Schiff, Mandy, Mr Beeston.
Dad hörte mit einem aufgewühlten Ausdruck zu. »Emily, wir dürfen keine Zeit mehr verlieren«, keuchte er, als ich fertig war. »Wir müssen da durch. Ich lass Archie eine Botschaft zukommen.«
»Lass mich aber nicht allein!« Ich klammerte mich an seinen Arm.
»Ich gehe nirgends hin«, sagte er bestimmt. »Ich werde die ganze Zeit bei dir bleiben.«

»Gibt es wirklich keinen anderen Weg?« Meine Stimme bebte.
Dad hielt mich an sich gedrückt und sprach in mein Haar. »Es tut mir leid, Emily, aber es ist die einzige Möglichkeit.«

Dieser unheimliche Mr Beeston zieht mich auf einer Art Floß durchs Wasser. Den habe ich schon daheim in Brightport nie leiden können. Jetzt ist er sogar noch schlimmer. Dauernd ruft er mir was zu. »Wo ist das Schiff?«, brüllt er.

»Ich – ich glaube, es ist –«

»WO IST DAS SCHIFF?«, wiederholt er ungefähr zehnmal so laut.

»Es muss weitergefahren sein«, rufe ich zurück. »Es war irgendwo dort.« Ich deute unsicher geradeaus.

»Du hast von nichts eine Ahnung, Kind«, sagt er. »Ich weiß nicht, warum wir dich überhaupt mitgenommen haben. Aber egal, wir werden es bald finden. Es ist wahrscheinlich schon dort.«

»Schon wo?«, ruft Emily, die auch dabei ist, mit einem weiteren Meermann. Ich glaube, das ist ihr Vater. Er sieht sie dauernd so gefühlsduselig an.

»Am Rand des Dreiecks. Da, wo wir hinschwimmen.«

»Sie müssen es mir sagen!«, kreischt Emily. »Warum brauchen Sie das Schiff?«

»Wir müssen uns nur orientieren«, erwidert Mr Beeston.

Emily wendet sich an den anderen Meermann. »Er sagt uns nicht alles«, jammert sie. »Ich *weiß*, dass er uns was vorenthält. Warum sollten sie Mandy nach Hause bringen? Das ist doch totaler Unsinn.«

»Pscht, lass uns erst mal hinkommen. Wir wollen Mum doch zurück. Das ist unsere beste Gelegenheit«, erwidert er leise und wirft einen nervösen Blick auf Mr Beeston. Was führen sie im Schilde? »Es wird schon klappen«, sagt er und nimmt Emilys Hand. »Ich bin hier, um auf dich aufzupassen.«

Kotz.

Wir schwimmen weiter. Ich stelle mir dauernd vor, Mum und Dad wiederzusehen. *Bitte lass mich heil bei dem Schiff ankommen. Ich verspreche auch, mich zu ändern. Ich will nie mehr so grässlich sein.*

Das Wasser um uns herum ist voller gefährlicher Schaumkronen. Es wird richtig rau, während wir durch riesige Wellenberge pflügen und in tiefe Täler krachen. Triefend klammere ich mich am Rand meines Floßes fest.

Da sehe ich es plötzlich.

In der Ferne. Am Horizont. Ich glaube, ich kann die Bullaugen in der Sonne glitzern sehen. Ja, richtig! Eine ganze Reihe. Es ist das Schiff.

»Dort ist es!«, rufe ich. »Da drüben!« Ich deute nach rechts.

Wir steuern auf den Kreuzfahrtdampfer zu. Ich werde Mum und Dad wiedersehen! Und in Sicherheit sein!

Als wir näher kommen, kann ich die Umrisse besser ausmachen. Und dann verschwindet es plötzlich. Vor dem Schiff ist etwas aus dem Wasser aufgetaucht. Es sieht aus wie eine Insel; eine eklig khakigrüne Insel mit Hügeln und Ausbuchtungen. Eine Insel, die sich bewegt. Streckt lange Arme empor, mit denen sie sich vorwärtstreibt und die Sonne verdeckt. Ich kralle mich an dem Floß fest, und mein Magen revoltiert.

Das Ungeheuer holt sich das Schiff.

Ich merke, dass ich schreie.

»Mandy, wir können was dagegen tun«, ruft mir Emily zu. »Man hat mir gesagt, dass ich das Ungeheuer beruhigen kann.«

»Warum sollte ich dir denn glauben?«, rufe ich zurück. »Du hältst dich wohl für so was Besonderes, was? Denkst, dass du alles besser kannst als alle anderen!« Tränen laufen mir übers Gesicht. Mum. Dad. Sie sind so nah, und trotzdem werde ich sie nie wiedersehen.

»Hör doch mal zu!«

»Nein. Ich hör dir *nicht* zu. Wenn ich dich nicht zu finden versucht hätte, dann wäre das alles nicht passiert! Das ist alles deine Schuld. Jedes kleine Ding, das hier falsch gelaufen ist, ist DEINE SCHULD!«

Emily sagt nichts mehr. Sie sieht völlig entgeistert aus. Mir doch egal.

Warum sollte es mich kümmern? Um mich kümmert sich schließlich auch keiner.

Ich sterbe hier draußen, und es interessiert absolut niemanden.

9

Ich schnappte beim Schwimmen nach Luft und versuchte zu atmen. Und nicht an das zu denken, was ich tun musste.
Konnte ich tatsächlich den Kraken in seinem Zorn besänftigen? Blieb mir eine Wahl?
Wir kamen dem Schiff näher – der Krake jedoch auch. Der Gedanke an Mum, die auf dem Schiff war, reichte, um mich anzuspornen. Ich *musste* es tun.
»Sieh mal!« Dad deutete auf zwei Gestalten im Wasser. Archie und Shona!
Archie schwamm auf Mr Beeston zu und zog Shona hinter sich her. »Wir haben sie«, sagte er nur.
Mr Beeston nickte knapp. »Gerade noch rechtzeitig.«
Shona wich meinem Blick aus. Kein Wunder. Nach allem, was ich ihr zugemutet hatte, musste sie nun auch noch kommen und dem Kraken erneut gegenübertreten, und das nur meinetwegen – mal wieder.
Archie sah zu mir herüber. »Ich bin froh, dass du in Sicherheit bist«, sagte er und versuchte zu lächeln.
»In Sicherheit? Wie kommst du darauf, dass ich in Sicherheit bin?«

»Komm. Wir dürfen keine Zeit verlieren.« Er schwamm wieder los, während Shona sich zu mir und Mandy gesellte. Wir folgten den anderen. Dad schwamm mit Archie vorneweg.

»Es wundert mich nicht, dass du nicht mit mir sprichst«, sagte ich, während wir durchs Wasser schossen.

Shona sah mich mit betrübtem Blick an. »Was meinst du?«, fragte sie. »Ich dachte, dass du nicht mit mir reden würdest! Ich war so scheußlich zu dir. Ich bin ein Feigling gewesen und eine ganz miese Freundin. Es würde mich nicht überraschen, wenn du nie mehr mit mir reden würdest.«

Ich nahm ihre Hand. »Shona, du warst doch keine miese Freundin! Wenn jemand eine miese Freundin war, dann ich! Ich habe dich irgendwohin mitgeschleppt, wo du gar nicht hinwolltest.«

Shona drückte meine Hand. »Ich hätte nie zulassen dürfen, dass du die Schuld auf dich nimmst. Es tut mir so leid«, sagte sie. Dann fügte sie etwas leiser hinzu. »Und Althea und Marina tut es auch leid.«

»Althea und Marina?«

»Sie haben natürlich nicht angenommen, dass wir es tatsächlich machen würden. Sie hatten Angst, dass sie Ärger bekommen würden – deshalb haben sie sich von uns ferngehalten. Sie fühlen sich ganz schrecklich. Ich soll dir ausrichten, dass sie es bei der Willkommensparty, wenn wir zurück sind, wiedergutmachen wollen.«

Die Willkommensparty. Wollten sie tatsächlich immer noch eine Willkommensparty für uns geben? Würde ich jemals wirklich willkommen sein auf der Insel?

»Wir sind doch wieder Freundinnen, nicht?«, fragte Shona.

»*Beste* Freundinnen. Wenn du das auch noch willst.«

Sie grinste.

»Also, entschuldigt, dass ich nicht in euer Gesülze einstimme«, platzte Mandy dazwischen, »aber kapiert ihr beiden vielleicht mal, dass wir alle hier gleich sterben werden? Sollten wir nicht lieber versuchen, aus dem Schlamassel irgendwie rauszukommen?«

»Mandy hat recht«, sagte ich, und plötzlich wurde mir klar, dass Mandy und Shona sich ja noch gar nicht kannten. Irgendwie war jedoch gerade nicht der beste Augenblick, sie einander vorzustellen. »Wir müssen uns überlegen, was wir machen.«

Vor uns war der Krake unter Wasser getaucht, und nur der eine oder andere Arm peitschte gelegentlich die Wasseroberfläche. Die See blubberte erwartungsvoll.

Shona wandte sich an mich. »Was sollen wir denn machen?«

Das war eine sehr gute Frage.

Wir waren angekommen. Am Rand des Dreiecks – dem Reich des Kraken. Jetzt war es keine glatte Glasscheibe auf dem Ozean mehr. Ein endloser Schlund erstreckte sich quer durch das Wasser, und brüllende Wasserfälle stürzten in den schwarzen Abgrund hinab.

Das Meer tobte, als der Krake vor dem Abgrund auftauchte. Riesige Fangarme erhoben sich aus dem Wasser, dick und warzig. Mit jedem Schlag auf die Oberfläche wirbelten sie Wasser auf, dass es nur so spritzte und schäumte.

Ich erstarrte.

Ich konnte es nicht.

Jemand brüllte mich an. Ich glaube, es war Archie. Es könnte aber auch Mr Beeston oder mein Vater gewesen sein. Egal. Ich konnte nichts tun, ich konnte dem Kraken nicht gegenübertreten. Ich schloss die Augen.

»Das Schiff.« Mandy zerrte mich am Arm. »Das Schiff!«, rief sie immer wieder. »Er versenkt das Schiff! Tut doch etwas!«

Das Ungeheuer hatte sich drohend über das Schiff erhoben, das dem Abgrund näher kam. Seine Fangarme streckten sich hoch in die Luft. Ein Hieb, und alles würde vorbei sein. »MUM!«, schrie ich in das Chaos hinein. Mein Blick war von Tränen und Meerwasser verschwommen.

Archie packte mich am Arm. »Sieh ihn an!«, schrie er. »Seht ihn beide an!«

»Und dann?«, kreischte Shona.

»Nun macht schon! Seht ihn zusammen an und seid still. Wartet, bis er sich hierher umdreht. Dann sag ich euch, was ihr tun müsst. Schnell!«

Shona wandte sich mir zu.

»Komm«, sagte ich. »Es wird schon klappen.«

Ich nahm ihre Hand, und wir wandten uns gemeinsam dem Kraken zu und warteten auf den schrecklichen Moment, wenn er uns sein langgezogenes, unbarmherziges, grausiges Gesicht zuwenden würde.

Und dann passierte es.

Nichts sonst rührte sich. Das Meer, der Seegang wurde ruhig. Die krachenden Wellen, die in die Dunkelheit stürzten, der Abgrund – alles war still, wie erstarrt. Der Krake stand wie eine furchteinflößende Statue, starr wie aus Eisen, einen gigantischen Fangarm über das Schiff erhoben, und seine hervorquellenden, wässrigen Augen trafen unseren Blick.

»Es klappt«, flüsterte Dad in die Stille. »Es klappt!«

In einiger Entfernung glitt ein Wagen über das Wasser, der von Delphinen gezogen wurde. Neptun war auf dem Weg.

Archie warf einen Blick zu dem Wagen hinüber. »Jetzt müsst ihr es machen!«, drängte er. »Lockt den Kraken her und beruhigt ihn. Jetzt!«

»Wie denn?«

»Denkt!«

»Wir sollen *denken*?«

»Versucht, durch Gedankenübertragung mit ihm zu reden.«

»Mit ihm *reden*?«

»Versucht, ihn in euren Bann zu ziehen, erlöst ihn aus seinem Zorn, damit er zu Neptun zurückkehren kann. Ihr müsst schnell handeln.«

»Also gut.« Ich zog an meinem Haar und zwirbelte eine Strähne auf, während ich mit der Schwanzflosse schnalzte. Ich warf Shona einen Blick zu. Sie nickte schnell. In Ordnung. Ich muss nur den Zorn des Kraken beruhigen. Mit Gedankenübertragung.

Okay.

Beruhige dich doch, lieber Krake. Ich zwang mich, diese Worte zu denken, während mein Gesicht sich vor Abscheu und Schrecken verzog. Ein Fangarm zuckte und peitschte sinnlos durch die Luft.

»Ihr müsst es wirklich wollen«, sagte Archie. »Es hat keinen Zweck, nur so zu tun. Das merkt er.«

Neptun kam näher. Ich musste etwas erreichen, ehe er bei uns eintraf, beweisen, dass ich nicht total und vollkommen nutzlos war, dass ich nicht alles zerstört hatte. Shonas Augen waren geschlossen, sie hatte ein konzentriertes und ruhiges Gesicht. Gut, das konnte ich auch.

Bitte, dachte ich. *Bitte zerstöre nichts. Nimm die Situation gelassen, höre auf uns, vertraue uns, alles ist in Ordnung. Keiner will dir was antun.*

Unzusammenhängende Gedanken rasten mir durch den

Kopf, alles Mögliche, das eine beruhigende Auswirkung auf ihn haben konnte.

Und es klappte – es wirkte allmählich. Die Fangarme des Kraken entspannten sich und fielen einer nach dem anderen aufs Wasser zurück. Die Dünung der See war sanft, hob und senkte sich regelmäßig, die hohen, rauen Wellen mit den gefährlichen Schaumkronen schwappten sanft dahin. Der Abgrund schloss sich, und das Meer lag schimmernd und glatt wie ein Ölteppich da.

»Gut!«, rief Mr Beeston. »Macht weiter so!«

Sei nicht mehr böse. Alles wird wieder gut. Sei ganz ruhig, ruhig, ruhig.

Ich konnte die Gedanken von Shona an meiner Seite fast spüren, sie waren wie meine und verbanden sich mit meinen Worten. Der Krake beruhigte sich. Seine Fangarme lagen ganz still und ausgebreitet auf der Wasseroberfläche.

Der Wagen kam näher. Ich konnte sehen, wie Neptun sich aus seinem Sitz erhob und seinen Dreizack in die Luft streckte.

»Wir haben es geschafft«, rief er, als die Delphine neben mir ankamen. »Holt ihn her. Er soll jetzt zu mir kommen. Nur wenn er direkt vor euch steht, könnt ihr ihn wieder ganz meiner Macht übergeben.«

Ich schluckte. Hierher? Direkt vor uns?

»Los!«, forderte Neptun.

Ich räusperte mich und warf Shona wieder einen Blick zu.

Ihr Gesicht war weiß und ihre Augen vor Schreck aufgerissen.

Ich schloss die Augen. *Komm zu uns,* dachte ich, wobei ich halb betete, dass es nicht funktionieren würde, während ich gleichzeitig wusste, dass wir verloren wären, wenn er nicht kam.

Nichts geschah.

»Ihr müsst es wirklich *wollen*!«, erinnerte uns Archie.

»Das hab ich doch schon gesagt.«

Ich holte tief Luft und schloss die Augen. Dann zwang ich mich, ganz konzentriert an das zu glauben, was ich dachte, und ließ die Worte in meine Gedanken strömen. *Komm jetzt zu uns. Wir können das alles beenden. Kein Wutanfall mehr, sei ganz ruhig … komm zu uns.*

Etwas tat sich im Wasser. Es bewegte sich etwas. Ich konnte es spüren. Ich hielt die Augen geschlossen. *Keine Sorge*, sagte ich stumm. *Keiner tut dir was. Komm einfach zu uns her, und wir bekommen das hin. Ruhig. Bleib ganz ruhig.*

»Ihr macht es gut«, sagte Neptun. Seine Stimme klang, als ob er direkt in mein Ohr redete. »Nun macht die Augen auf, ihr müsst ihm ins Angesicht sehen, alle beide. Ihr müsst ihn mit euren Gedanken in Bann halten, bis die Wut ganz verflogen ist.«

»Woher wissen wir, wann die Wut verflogen ist?«, fragte ich.

»Dann kommt er zu mir zurück.«

Ich zählte leise auf drei, dann öffnete ich die Augen. Ich musste wirklich an mich halten, um nicht lauthals aufzuschreien. Er war da! Vor mir! Sein Gesicht war so groß wie eine Burg; mit schwammartigen Beulen und Pockennarben und Warzen und ganz schwarz; und zu den riesigen weißen, mit roten Blutadern durchzogenen Augen hin wurde es schmaler. Gigantische krumme Stoßzähne waren nach oben gebogen und schienen in den Wolken zu verschwinden. Die Fangarme lagen bewegungslos um ihn herum wie ein gelandeter Fallschirm.

Vom Schiff her konnte ich Jubel hören! Die Gefahr war vorüber. Wir hatten es geschafft. Wir hatten es tatsächlich geschafft! Ich fiel Shona in die Arme. Sie lachte.

»Wir sind noch nicht am Ende!«, bellte Neptun. »Beeston, mach dich bereit. Archie, bist du bereit?«

»Ja, Majestät«, erwiderte Archie und schwamm weg von mir.

»Bereit wozu?«, fragte ich. Keiner antwortete. Mr Beeston und Archie schwammen auf das Schiff zu. Ich packte Dad. »Bereit wozu?«, fragte ich nochmals. »Was geht hier vor?«

Dad schüttelte den Kopf. »Ich weiß nicht …«

»Was glaubt ihr denn?«, knurrte Neptun. »Es ist an der Zeit, dass er wieder seinen Dienst tut.«

Ein ungutes Gefühl ergriff mich. Irgendwas stimmte nicht.

»Ihr habt doch nicht geglaubt, dass diese Aktion nur euer

Leben retten sollte, oder?«, fragte Neptun. »Glaubt ihr denn, dass es in meinem Königreich keine wichtigeren Dinge gibt?«

»Ich … ich weiß nicht. Ich verstehe nicht …«

»Der Krake muss wieder an die Arbeit, wie ich gesagt habe. Es sind fast hundert Jahre vergangen, und jetzt wird er wieder das machen, was er am besten kann: die Menschen dessen zu berauben, was sie nicht brauchen. Er wird mir Reichtümer bringen, in solchen Maßen, wie ich es seit Jahren nicht mehr erlebt habe.«

Was meinte er nur? Er konnte doch nicht womöglich –

»Und damit« – er deutete auf das Schiff – »fangen wir an.«

»Aber das dürft Ihr nicht!«, schrie ich. Der Krake zuckte, als er meinen Aufschrei hörte, und einer seiner Fangarme schlug aufs Wasser und spritzte uns alle voll. »Ihr habt uns reingelegt! Ihr habt uns das Ganze nur machen lassen, damit Ihr alles zerstören könnt!«

Mr Beeston drehte sich im Wasser herum. »Wir zerstören nicht alles. Das hätte der Krake ohne dein Eingreifen gemacht. Wir wollen nur die Kontrolle zurückerlangen, die uns rechtmäßig zusteht.«

»Und die Reichtümer«, fügte Neptun hinzu und streichelte eine Goldschärpe, die um seine Brust geschlungen war.

»Richtig, Majestät«, bestätigte Mr Beeston mit einem unterwürfigen Lächeln.

»Warum habt Ihr dann nicht einfach zugelassen, dass er das Schiff versenkt?«, fragte Shona.
»Er wird es *für mich* versenken! Wenn *ich* es befehle. Ansonsten wäre es mutwillige Zerstörung.«
»Mutwillige Zerstörung, ja?«, stieß ich hervor. »Und das hier ist keine mutwillige Zerstörung?«
Neptuns Gesicht schwoll rot an. »Ohne mich zerstört der Krake alles, was sich in seiner Reichweite befindet, und stürzt es unwiederbringlich in den Abgrund. Solch eine Verschwendung werde ich *nicht* zulassen!« Er schwenkte seinen Dreizack durch die Luft. »Los geht's. Ich will jeden einzelnen Edelstein aus dem Schiff!«
»Aber dabei kommen doch alle um!«, schrie ich tränenüberströmt. »Meine Mutter ist auf dem Schiff.«
»Haben wir sie etwa GEBETEN, sich auf das Schiff zu begeben?«, donnerte Neptun. »Haben wir dich GEBETEN, das alles loszutreten?«
»Aber Ihr könnt sie doch nicht einfach umbringen! Und Millie … und alle anderen!«
Mr Beeston sah erst Neptun, dann mich an. »Deine Mutter ist auf dem Schiff? Was zum –«
»Ich will auch zu meiner Mutter!«, heulte Mandy neben mir auf. »Ich will nach Hause.«
»Das könnt Ihr nicht!«, schrie ich Neptun an. »Unterbindet es – das darf nicht geschehen.«
Der Krake zuckte im Wasser, hob einen Fangarm und neigte den Kopf zur Seite.

»LASS IHN NICHT entkommen!«, herrschte Neptun Mr Beeston an. »Wir sind ihm zu nahe. Er ist verwirrt. Wir dürfen ihn jetzt nicht verlieren. Beeston, wir müssen die Lage in den Griff bekommen.«

»Bitte tut es nicht!«, rief ich ohne Erfolg.

Mr Beeston traute sich nicht, mich anzusehen, während er sich dem Schiff zuwandte. »Tut mir leid, Emily«, sagte er.

Dad stürzte ihm hinterher und packte ihn am Arm. »Meine FRAU ist dort an Bord!«, schrie er.

Mr Beestons linkes Auge zuckte. »Das … ist nicht unsere Angelegenheit«, stammelte er.

»Nicht Ihre Angelegenheit? Ist es Ihnen denn egal, ob Menschen ertrinken, wenn Sie ihr Schiff versenken?«

»Selbst schuld!«, rief Mr Beeston und explodierte. »Sie sollten eben nicht in Neptuns Königreich eindringen. Er ist der Herrscher; alles, was in und auf dem Meer ist, gehört ihm. Er holt sich nur, was seines ist. Die Menschen haben ihn seit Jahrhunderten beraubt, für ihre eigenen Bedürfnisse in seinen Meeren gewildert. Wir stellen nur das Gleichgewicht wieder her.«

Er war verrückt. Alle waren sie verrückt.

Im Wasser tat sich was. Die Fangarme des Kraken zuckten, schlugen aufs Wasser und sprühten uns alle ein.

»GEHORCHT MIR!«, kreischte Neptun. »Er ist hin- und hergerissen zwischen eurer und meiner Macht. Wir müssen uns zusammentun, sonst wird er irre.«

»Keinesfalls!«, schrie ich zurück. »Wir werden Euch NICHT GEHORCHEN!«
Ich packte Shona und Mandy bei den Händen. »Kommt!«
Mandy entzog sich mir. »Schau doch, was du anstellst!«, rief sie. »Du machst es nur noch *schlimmer*!«
Sie hatte recht; der Krake wurde wieder munter und hob die Fangarme, um sie aufs Wasser schlagen zu lassen.
»Er wird uns alle umbringen!«, schrie Mandy. »Du musst ihn aufhalten!«
»Aber wie? Wenn wir Neptun gehorchen, dann begibt sich der Krake wieder in seine Macht, und Neptun wird ihm befehlen, das Schiff doch zu versenken!«, rief ich. »Was können wir tun?«
Der Krake war vor uns. Mr Beeston rief ihn zu dem Dampfer. Nein!
Der Krake stürzte weiter und riss einen Abgrund in die See, während er auf den Dampfer zuwirbelte. Die Oberfläche des Dreiecks öffnete sich wieder!
Und dann … Und dann …
Ich sah alles in Zeitlupe.
Ein Fangarm, der sich in die Luft erhob, Wasser, das in einem Bogen aus Licht und Farben hochspritzte. Der Fangarm sauste nieder ins Wasser, schlug um sich, klatschte auf die Oberfläche und holte nach dem Schiff aus. Das Schiff! Es war so dicht dran. Ich konnte Menschen auf den Decks aufgereiht stehen sehen, sie rann-

ten wild durcheinander, aber es gab keinen Schutz. Die Fangarme kamen heruntergeschossen. Er hatte das Schiff! Er schlug dagegen, wütend und voller Zerstörungsdrang. Das Schiff neigte sich, Menschen flogen von den Decks, Hunderte von Menschen stürzten ins Wasser und schrien um Hilfe.

»MUM!«

Ich kraulte auf den Kraken zu, indem ich mich am Rand des Abgrunds voranstieß; ich fühlte, wie er mich anzog – etwas, das uns zusammenhielt; ich konnte nicht dagegen an.

Für den Bruchteil einer Sekunde schien alles stillzustehen. Die Ruhe kehrte zurück. Der Krake war unter der Wasseroberfläche verschwunden. Ich sah schweigend zu, wie der Abgrund sich schloss und wieder von der glasigen Wasseroberfläche bedeckt wurde.

Nur ein kurzer Moment der Stille, dann schnitt ein ohrenbetäubendes Geheule durch die Luft. Blitze leuchteten auf. Die glasige Oberfläche riss und splitterte. Darunter raste die Sturzflut. Und der Krake stieg wieder auf. Mit einem Schrei aus der Tiefe brach er durch das Wasser. Sein langes Gesicht wurde in die Breite gezogen von seinem böse aufgerissenen Maul mit den dolchartigen Zähnen, und die Fangarme ringelten sich wild wie ein Haufen Riesenmaden empor und zerschlugen die stille Oberfläche des Meeres. Vor unseren Augen teilte sich das Wasser, stürzte wie ein Wasserfall in die Tiefe, und zurück blieb nur noch der Krake, der in seinem Zorn umgeben war von einer unermesslichen schwarzen Leere.

»Wir haben unsere Macht verloren«, sagte ich schwach zu mir selbst. »Er hört nicht mehr zu.«

Ich wurde zu dem Kraken hingezogen. Ich spürte, wie er mich ansaugte. Nichts konnte ich dagegen tun.

Ich konnte keinen retten. Die Macht, die mich anzog, war zu stark. Ich hatte keine Kraft, keine Energie, irgendwas dagegen zu tun.

Ich ließ mich in den Abgrund ziehen.

Und er schloss sich über mir.

Hinab, hinab in totale Finsternis. Nichts zu sehen. Kein Wasser, kein Land. Nichts. Fallen durch das Nichts. Kreisendes Stürzen, herumgewirbelt werden in einem Vakuum strudelnder Dunkelheit, das mich in spiralförmigen Bewegungen hinabsog.

Er packte mich.

Er holte nach mir aus, versengte mir das Gesicht, die Hände, den Körper, und seine Fangarme peitschten mich immer und immer wieder. Ich wand und wehrte mich, aber es half nichts. Ich konnte mich seinen Fängen nicht entziehen.

Ich berührte etwas, das sich wie Gelee anfühlte. Schaudernd und angeekelt stellte ich fest, dass es der Rand eines seiner Saugnäpfe war, die so groß waren wie ein Teller. Ich umschlang meinen Körper und versuchte, mich zu einer Kugel zusammenzurollen, zu einem Nichts.

»Warum machst du das?«, rief ich hilflos, während seine klebrigen, glitschigen Fangarme über meinen Körper, den Fischschwanz, überall hinglitten und ein dichtes Knäuel aus mir machten. Ich konnte mich nicht mehr rühren. Seine braunen Haarborsten, die sich wie ein Nest voller Würmer krümmten, strichen mir übers Gesicht. Vor Entsetzen stockte mir der Atem.

Wie konnte ich das beenden? Sollte ich betteln? Was sollte ich sagen? Warum hörte er mir denn nicht zu? Ich hatte ihn schließlich aufgeweckt! Er sollte mir gehorchen!

So purzelten meine Gedanken sinnlos durcheinander, während mir die Tränen übers Gesicht liefen.

Die Fangarme krochen immer höher, wurden enger, umwickelten mich, umklammerten meine Arme, glitten meinen Körper hinauf und schlossen sich schließlich um meinen Hals.

Das war's. Hier war wohl Schluss. Keiner konnte mich retten.

Die Dunkelheit wurde langsam noch schwärzer.

Das Schiff ist in Sicherheit! Alles hat aufgehört. Das Ungeheuer ist verschwunden. Aber die Menschen sind immer noch im Wasser. Eine ganze Menge. Jemand muss sie retten.

»Was hast du mit ihr gemacht?«, schreit Emilys Vater den riesigen Meermann auf dem Thron an. »Was hast du mit ihr gemacht? Gib mir meine *Tochter* zurück!«

Der dicke Meermann fuchtelt mit seiner großen Heugabel herum. »Du wagst es, mich so zur Rede zu stellen?«, schreit er aus vollem Hals. Was hat er nur? Kann er denn nicht sehen, dass die Leute in Not sind?

»Gib sie mir zurück!«, heult Emilys Vater mit brechender Stimme. »Gib sie zurück!«

»Das können wir nicht«, antwortet der große Meermann. »Der Krake hat sie.«

Danach ist der Teufel los. Der Meermann brüllt. Einige der Leute von dem Dampfer haben sich losgemacht und kommen auf uns zu und schreien und rufen etwas. Sie kommen näher.

»MANDY!«

Das ist Mum! Meine Mutter ist im Wasser! Ich versuche, mit meinem Floß zu ihr hinzupaddeln. Aber ich komme nicht voran. Mr Beeston hat es an den dämlichen Delphinwagen gebunden.

»Mum!«

Was ist, wenn der riesige Abgrund sich wieder auftut? Und uns alle hinunterzieht?

Aus einem der Rettungsboote ruft jemand nach Mum. Sie bleibt zwischen uns im Wasser stehen.

»Schwimm zu dem Boot!«, rufe ich ihr zu.

»Bleib, wo du bist, Mandy«, ruft sie mir zu und schwimmt zurück, um den anderen zu helfen. »Ich sag ihnen, sie sollen dich holen!«

Ich nicke und schlucke heftig und klammere mich an das Floß. Dauernd muss ich an Emily denken, die mit dem Ding da unten ist. Das darf ich nicht zulassen. War sie denn wirklich so schlimm? Was hat sie mir denn eigentlich je getan?

Vielleicht habe ich mich getäuscht. Vielleicht hat sie mich überhaupt nicht ärgern wollen. Ich dagegen habe sie im Schwimmunterricht stolpern lassen und sie beschimpft und ihr die beste Freundin ausgespannt. Was hat sie denn eigentlich angestellt? Na gut, ein paar Leute haben sie lieber gemocht als mich, aber konnte ich ihnen das vorwerfen? Manchmal mag sogar *ich* sie lieber als mich selbst.

Ich nähere mich dem großen Meermann in dem Wagen.

»Ach bitte«, flehe ich. »Sie müssen was tun. Sie stirbt doch da unten.«

Er dreht sich langsam zu mir um und sieht auf mich herunter, als ob ich ein ekliger Käfer sei, der gerade aus dem Meer gekrochen kommt. »Was soll ich denn wohl tun?«, fragte er mit einem unsicheren Blick zu dem Abgrund. Er weicht meinem Blick aus. »Ich bin schließlich nicht schuld daran. Sie hat das selbst hervorgerufen.«

»Aber können Sie es nicht beenden? Können Sie dem Monster nicht Einhalt gebieten?«

»Ich kann nicht, und ich WERDE es nicht. Nun geh mir aus dem –«

»WIE KÖNNEN SIE ES WAGEN!«, ertönt es plötzlich von der anderen Seite des Wagens. »Hilf mir mal rauf, Jake, sei so gut«, sagt die Person mit leiserer Stimme zu Emilys Vater. Dann zieht sie sich auf den Wagen. Millie! Es ist Mystik-Millie!

Der Meermann starrt sie böse an. »Weißt du nicht, wer ich bin?«, fragt er, und seine Stimme grummelt wie ein Vulkan vor dem Ausbruch.

»Doch, natürlich. Sie sind Neptun«, sagt sie. »Aber das –«

»KÖNIG Neptun!«, donnert er.

Millie presst die Lippen aufeinander und saugt an ihren Zähnen. »Von mir aus können Sie König Alfons der Viertel-vor-Zwölfte heißen«, sagt sie und drückt ihren langen schwarzen Rock über dem Meer aus. »Das gibt Ihnen noch lange nicht das Recht zuzulassen, dass ein junges, unschuldiges Mädchen von Ihrem Lieblingsmonster gefressen wird.« Sie starrt ihm in die Augen und zieht etwas unter ihrem Cape hervor. Es sieht aus wie ein Goldanhänger. »Also, werden Sie etwas unternehmen?«, fragt sie in leisem, geleiertem Ton.

Er starrt zurück, und sein Blick bleibt an dem Anhänger hängen.

Keiner sagt ein Wort. Als er sie anstarrt, verändert sich sein Blick. Es ist, als ob eine Flamme in seinen Augen zu flackern beginnt.

»Nun, ich ...«, sagt er.

Millie rückt näher. »Sie wissen doch, selbst die Größten unter uns dürfen sich zum Guten wandeln, wenn sie es wollen«, sagt sie ruhig.

Dann höre ich es hinter mir platschen.

»Mandy!«

Es ist Dad!

Er keucht ziemlich. Er hält sich am Floß fest und nimmt mich in den Arm. »Gott sei Dank«, sagt er. »Gott sei Dank.« Er weint. Ich habe meinen Vater noch *nie* weinen sehen. »Wir müssen etwas tun«, stößt er in kurzen, keuchenden Zügen hervor. »Es sind zu viele Leute im Wasser ... nicht genug Boote ... jemand muss helfen.«

»Wo ist meine *Frau*?«, fragt Emilys Vater atemlos. Er packt Millies Hand. »Bring ihn dazu«, krächzt er, »meine Tochter zurückzuholen. Versprich es mir!«

Millie drückt seine Hand. »Wir holen sie zurück, Jake«, sagt sie. »Das verspreche ich.«

Er taucht unter Wasser und schwimmt auf das Schiff zu.

Ich reiße mich von Dad los. »BITTE«, schreie ich Neptun an. »Es muss etwas geben, das wir tun können!«

Wieder hebt er sein Gabel-Dings in die Luft. »Lasst mich allein, alle miteinander«, sagt er. »Ich brauche das nicht. Ich treffe meine EIGENEN Entscheidungen. Ich lasse mich von KEINEM von euch beeinflussen. Wenn ich mich umentscheide, dann nicht wegen irgendwas, das ihr gesagt habt. Habt ihr verstanden?«

»Ja, ja, natürlich«, schreie ich.

Millie verdreht die Augen und lässt ihren Anhänger wieder unter ihrem Cape verschwinden. »Ganz wie Sie wünschen«, sagt sie mit einem Stirnrunzeln.

»Also gut«, sagt Neptun, »es gibt eine einzige Sache, die seinen Zorn noch kühlen und das Kind befreien kann. Ist aus einem alten Reim. Ausprobiert worden ist es noch nicht.«

»Warum nicht?«, frage ich.

»Sobald der Zauber angewandt wird, verliere ich meine Macht über den Kraken für immer. Er wird seine alten Gewohnheiten nie wiederaufnehmen. Er wird nur noch eine untätige, schwache Hülle seiner selbst sein.« Er verzieht angewidert das Gesicht.

»Aber die alten Tage sind sowieso vorbei. Das müsst Ihr doch auch sehen! Wir können nicht einfach Leute umbringen, damit wir Schätze anhäufen«, sage ich und füge noch ruhiger hinzu: »Abgesehen davon findet Ihr auf dem Schiff sowieso keine großartigen Schätze.«

»Und eure modernen Tage sind wohl besser, was?«, fährt er auf. »In eurer Welt sterben nur die Schuldigen, was? Nur aus ›guten‹ Gründen?«

»Nein, aber ...« Meine Stimme erstirbt.

Er winkt mich fort. »Aber ich werde nicht dastehen und dem zusehen. Du hast vielleicht recht. Vielleicht finden wir eine andere Lösung. Lass uns das Mädchen da rausholen.«

»Was ist das für ein Reim?«, fragt Millie.
Neptun hebt den Blick zum Himmel.
»Wenn alter Hass zu Freundschaft sich wendet,
dann wird die Macht des Kraken beendet.«
»Das ist alles?«, ruft mein Vater. »Ein Kinderreim? Das ist doch lächerlich! Ihr habt gesagt, Ihr holt das Mädchen.«
Alle schreien wieder durcheinander. Aber ich verdrücke mich. Kann ich etwas tun? *Wenn alter Hass zu Freundschaft sich wendet* … Ich habe Emily Windsnap über Jahre gehasst. Vielleicht muss ich das ja nicht mehr. Ich könnte es ändern und etwas Gutes tun. Oder?
Sie hat allein durch Gedankenübertragung mit dem Kraken geredet, nicht? Vielleicht kann ich das auch irgendwie. Ich versuche es!
Ich schließe die Augen und denke an Emily, dann konzentriere ich mich ganz fest auf einen Gedanken: *Es tut mir leid.*
Ich sage es stumm immer wieder vor mich hin. Und dann warte ich.
Nichts.
Was habe ich denn erwartet? Blitzlichtgewitter? Ich hätte wissen sollen, dass sich nichts tut. Es funktioniert doch nie, wenn ich versuche, etwas Gutes zu tun.
Sie ist tot. Der Krake hat sie gefressen. Und ich hatte keine Gelegenheit zu sagen, dass es mir leidtut.
Ich kann sie im Geiste vor mir sehen. Ein altes Bild. Wir haben früher immer auf dem Pier zusammen gespielt. Wir waren fast beste Freundinnen. Warum habe ich sie gehen lassen?

Jahre des Kummers verdichten sich zu einem dicken Kloß, der mir die Kehle zuschnürt. Aber auf einmal …

Ich verzeihe dir.

Was war das? Wer hat das gesagt? Ich sehe mich um. Es ist keiner in der Nähe. Sie alle sind viel zu sehr damit beschäftigt, aufeinander einzuschreien und zu streiten, wo denn der alte Hass aus dem Reim stecken mag, den es zu wenden gilt. Ich streife mir mit der Hand über das Gesicht, wische Tränen und Meerwasser fort und lausche.

Ich verzeihe dir.

Das ist Emily. Es ist ihre Stimme. Ich kann sie hören, immer wieder.

Und dann tut sich der Abgrund wieder auf. Es geht schon wieder los. Es strudelt, und Wasserfontänen schäumen auf und gehen auf uns nieder. Eine Riesenwelle rollt auf uns zu und wirft mich vom Floß.

»MANDY!«, schreit Dad und stürzt mir hinterher. Er packt mich, schwimmt von dem Sog weg und zieht uns beide auf das Floß.

»Bitte nicht!«, schluchzt er. »Ich will dich nicht verlieren.« Er hält mich fest und drückt mein Gesicht an seine Brust, als wir beide auf dem Floß knien.

Wann hat mein Vater mich das letzte Mal so gehalten?

Über seine Schulter kann ich das Schiff sehen – aber es ist jenseits des Abgrunds. Wie können wir es je erreichen?

Ich starre in das aufgewühlte Wasser, und alle Gedanken werden plötzlich aus meinem Kopf gespült. Das Ungeheuer taucht wieder aus dem Meer auf. Sein Kopf bricht durch die Wasser-

oberfläche, zerkratzt und von schwarzen Adern durchzogen. Aus den kraterartigen Narben in seiner Haut dringt Eiter. Gellende Schmerzensrufe erfüllen die Luft.
Seine Fangarme schlagen wild um sich – es ist völlig außer Kontrolle geraten und schreit und kreischt, immer wieder, wie eine heulende Sirene. Brüllend vor Wut haut das Ungeheuer um sich. Und dann erkenne ich etwas in einem der Fangarme. Emily! Es hält sie fest umklammert, schleudert den Arm hoch und schlägt wieder aufs Wasser zurück. Sie sieht so winzig aus, wie eine kleine Puppe.
Bitte bring sie nicht um ... Sie ist meine Freundin.
Wie eine Antwort ertönt ein letztes durchdringendes Geheul aus dem Wasser, wie ein Donnerschlag, und Farben und Wasser sprühen durch die Luft.
Und allmählich beruhigt es sich, wird matter und verstummt schließlich. Der riesige Wasserfall hört auf zu toben. Zurück bleibt nur ein gigantischer Graben, der größer wird und den Ozean teilt.
Das Ungeheuer stürzt krachend ins Wasser und liegt still. Die Fangarme sehen aus wie holperige Straßen, die über den Graben führen, sie zucken leicht, sein Kopf versinkt halb in den Fluten. Das Meer verfärbt sich, tiefrote Farbflecke fließen aus dem Kraken und sickern ins Meer um uns herum.
Keiner sagt ein Wort. Wir treiben auf dem Wasser, schweigen, gebannt von dem Anblick vor uns; das Ungeheuer liegt still, keiner bewegt sich einen Zentimeter.
Wir haben es geschafft. Wir haben es tatsächlich geschafft.

10

Ich hatte einen grausigen Traum. Er fing als Albtraum an. Der Krake hatte mich erwischt. Gefangen und halb erwürgt lag ich unter Wasser in seinen Fängen. Dann hörte ich eine Stimme: Mandy, die um Verzeihung bat. Ich dachte, ist gut, wir versöhnen uns, ich muss ja sowieso gleich sterben.
Und dann veränderte sich der Traum. Ich war über dem Wasser, in der Luft, hochgeschleudert von dem Kraken. Plötzlich ließ er mich los, und ich krachte ins Meer, ging unter und stieg dann wieder an die Oberfläche empor.
Dann kam der schlimmste Teil.
Eigentlich war es der beste Teil, aber auch so grausam.
Ich träumte, meine Eltern wären da. Sie waren gekommen, um mich zu retten. Shona war bei ihnen. Wir waren wieder beste Freundinnen. Sogar Mandy Rushton war da, und alle fragten, ob es mir auch gutgehe. Keiner war böse auf mich. So viele Augen, die mich besorgt ansahen, Menschen, die mir halfen, mich irgendwo hintrugen, mir die vielen schlimmen Dinge verziehen, die ich angestellt hatte. Ich wollte ihnen etwas zurufen, sie berühren, aber ich konnte mich nicht bewegen; ich konnte nicht reden.
Was dann passierte, weiß ich nicht mehr.

»Emily?«

»Sie kann dich nicht hören.«

»Sie schlägt die Augen auf!«

Mum? Ich blinzelte ins Sonnenlicht. »Mum? Bist das wirklich du?«, fragte ich zitternd.

Sie beugte sich über mich und wiegte mich hin und her, während sie mich fest im Arm hielt. »Ach, Emily«, flüsterte sie in mein Haar, und ihre Stimme war erstickt und rau.

Als sie sich von mir löste, rieb ich mir die Augen und sah Dads Gesicht neben ihrem. Er hatte sich aus dem Wasser gezogen und hielt meine Hand.

Shona war neben ihm im Wasser und lächelte mir zu. »Du bist in Sicherheit!«, sagte sie.

Ich sah mich um; Gold und Juwelen um mich herum, Delphine vor mir. Ich war in Neptuns Wagen! Und ich war nicht allein. Millie stand vorne und redete mit leiser, tiefer Stimme. Den Ton kannte ich doch. Sie hypnotisierte jemanden. Aber wen?

»Nun beweg deinen Arm ganz, ganz langsam und hebe noch einen der Leute aus dem Wasser«, sagte sie sanft. »Und trage sie über den Abgrund und setze sie vorsichtig auf das Deck des Kreuzfahrtdampfers. Gut so, gut so …«

Der Krake gehorchte ihr.

Ich schauderte, als mir einfiel, dass er mich in seinen Fängen gehabt hatte, dass seine grässlichen Fangarme um meinen Hals gelegen hatten …

»Wir haben es also geschafft?«, fragte ich benommen.

Shona strahlte mich an. »Du bist eine Heldin, Emily. Wie konnte ich dir nur je böse sein? Ich bin ja manchmal so eine miese Qualle. Ist dir eigentlich klar, was du erreicht hast?«

»Ich? Nein. Ich weiß es nicht.«

Aber eines wusste ich. Egal, was ich erreicht hatte, ich hatte es nicht allein geschafft. Ich stemmte mich hoch. »Wo ist Mandy?«

Shona deutete aufs Meer hinaus. »Sie ist unterwegs zu dem Schiff«, sagte sie. »Ich glaube, sie stechen bald wieder in See.«

Wackelig stand ich auf. Ich musste sie sehen. Meine Knie waren weich.

Mum packte mich am Arm. »Emily, du musst dich ausruhen.«

»Später«, sagte ich. »Ich muss vorher noch etwas erledigen.« Ehe sie mich davon abhalten konnte, tauchte ich ins Meer. Ich wartete, bis mein Fischschwanz sich gebildet hatte. Er zitterte und bebte, genau wie vorher meine Beine, aber ich konnte ihn bewegen. Ich konnte hinschwimmen. Ich musste Mandy sehen.

»Dann komme ich mit.« Shona kam an meine Seite.

Wir schwammen bis zum Rand des Dreiecks. Ich zog erschrocken die Luft ein, als ich sah, was vor uns lag: ein Abgrund, schwarz und leer. Meinen Körper überlief ein heftiger Schauer, als ich hineinblickte. Der Krake hatte einen Fangarm über den Graben zu dem Schiff gelegt und half den Menschen behutsam hinüber.

»Ich schaffe es nicht!«, kreischte Mandy. »Es ist so WIDERWÄRTIG!«

»Schnell! Komm schon. Es ist der einzige Weg hinüber.«

Ihr Vater hielt ihr die Hand hin. Mandy trat auf die grausige, glitschige Brücke. Ich schüttelte mich. Ich konnte nicht näher heranschwimmen!

Vorsichtig schritt sie über den Fangarm. Er war so riesig, dass er fast wie eine Straße aussah, die den Abgrund darunter überbrückte.

»Mandy!«

Sie sah sich um. Der Fangarm fing zu rutschen an. Noch zwei Schritte, und sie würde drüben sein.

»Emily!«, sagte sie.

Ich schluckte. »Danke.«

Noch zwei Schritte. Sie hielt inne, starrte zu mir herüber. Und dann lächelte sie. Noch nie hatte ich sie lächeln gesehen. Zumindest nicht so freundlich. Sonst hatte ich immer nur ihr hämisches Grinsen erlebt. Dieses Lächeln stand ihr besser. Es sah hübsch aus. Sie sah damit wie jemand aus, mit dem ich gerne befreundet sein würde.

»Tja«, sagte sie, »ich hab ja eigentlich gar nichts gemacht.«

»Da täuschst du dich«, sagte ich. Ich lächelte sie auch an. »Du hast eine ganze Menge gemacht.«
Dann machte sie einen Satz über den Fangarm und war wieder auf dem Schiff.

Sie waren weg. Alle waren wieder in Sicherheit.
Als der Krake da so still lag, bemerkte ich jemanden neben ihm. Hoch aufgerichtet, stolz und stumm beugte Neptun sich vor, um einen der Fangarme zu streicheln und traurig festzuhalten. Dann wandte er sich um und sah in die Runde.
»Beeston!«, rief er. Mr Beeston kam von dem Schiff auf uns zugeschwommen.
»Bist du fertig mit dem Löschen der Erinnerung?«
»Bis zur letzten Person, Majestät.«
Neptun nickte. »Gute Arbeit.« Dann schnippte er mit den Fingern. Sofort bliesen die Delphine eine Wasserfontäne in die Luft, tauchten ins Meer und zogen den Wagen herbei. Neptun stieg ein.
»Es ist vorbei«, sagte er. »Der Krake schläft wieder ein. Wer weiß, wann er jetzt wieder aufwacht oder ob er überhaupt je wieder aufwacht.« Er winkte Mr Beeston zu. »Wir brauchen jemand, der die Verantwortung übernimmt, auf ihn aufzupassen.«

Mr Beestons Mund zuckte und verzog sich zu seinem schiefen Lächeln. »Meinen Sie etwa …?«

»Wem sonst könnte ich eine so wichtige Aufgabe anvertrauen?«

Neptun sah in die Runde. »Die Übrigen von euch kehren zu ihrem gewohnten Leben zurück. Die Hüter des Kraken kommen zu euch auf die Rundum-Insel und wohnen bei euch. Das Dreieck wird versiegelt, wenn ich abreise. Also zurück auf eure Insel, Leute, und versucht diesmal, keinen Unsinn zu machen.«

Das Schiff war schon fast außer Sicht, eine Silhouette, die langsam am Horizont entlangzog.

Dad legte einen Arm um mich. »Nun komm, Kleines.« Er machte eine Kopfbewegung auf die Rundum-Insel zu und zog mich an sich. »Bist du so weit, dass wir nach Hause können?«

Shona holte uns ein und hakte sich bei mir unter. Mum und Millie lächelten mir aus dem Rettungsboot zu.

Nach Hause. Ich dachte an unsere Bucht, an die *Fortuna,* an das Barrakuda-Kap, die Großen Höhlen, die Nixenschule, die Millionen Dinge auf der Rundum-Insel, die ich noch nicht entdeckt hatte – und an alle, die auf uns warteten. Althea und Marina und all meine anderen neuen Freunde.

»Ja, ich bin so weit«, sagte ich schließlich. Dann drehte ich mich zu Shona um und lächelte. »Wir müssen doch auf eine Party.«

Brightport Nachrichten – 25. März

HELDENHAFTE MITBÜRGER RETTEN DEN PIER VON BRIGHTPORT

Die Stadtverwaltung von Brightport hat heute einstimmig beschlossen, den historischen Pier der Stadt zu erhalten und zu modernisieren. Diese Entscheidung wurde gefällt, nachdem unsere Mitbewohner Jack und Maureen Rushton aus dem Vermögen, das ihnen kürzlich zugefallen ist, eine beträchtliche Summe gespendet haben.

Zu ihrem Vermögen waren die Rushtons aufgrund ihrer Fotos von dem tobenden Meeresungeheuer auf offener See gekommen. Sie konnten die Fotos an Zeitungen auf der ganzen Welt verkaufen.

Diese Fotos wurden während einer Fahrt mit den *Mermaid Tours* geschossen. Seltsamerweise kann sich das Paar allerdings nicht an den Urlaub erinnern.

»Wir waren so überrascht wie alle Übrigen, als wir die Fotos entwickeln ließen«, sagte Mrs Rushton.

Die Rushtons haben vor, ihre Spielhalle auf dem Pier zu erweitern. Zurzeit sind sie in Verhandlungen mit Anbietern für einen Themenpark, den sie im Lauf des Jahres eröffnen wollen. Eine der Attraktionen soll eine überdimensionale Achterbahn sein mit vielen Kurven und Loopings und einem Gerüst, das an die Fangarme eines Riesenoktopus erinnert.

Diese Achterbahn soll *Der Krake* genannt werden.

Liz Kessler

Emily Windsnap

Die Entdeckung

Aus dem Englischen
von Eva Riekert

Prolog

Es ist Mitternacht und so hell wie der Tag.

Der Vollmond scheint auf das Meer herab und lässt die Wellen tanzen, die an die Gestade einer kleinen Insel schlagen, an raue Felsen und auf steinige Strände schwappen.

Ein Wagen gleitet durch die See und zieht einen Kreis um die Insel. Er ist aus purem Gold, und seine Seiten sind mit Edelsteinen besetzt. Gezogen wird er von Delphinen, alle geschmückt mit einer Reihe Diamanten und Perlen, die sich von ihrem Kopf über den Rücken bis zum Schwanz zieht.

In dem Wagen sitzt der König aller Meere: Neptun. Prachtvoller denn je sieht er aus. Eine Kette funkelnder Juwelen liegt um seinen Hals, auf seinem weißen Haar schimmert seine goldene Krone, seinen Dreizack hält er neben sich. Seine grünen Augen leuchten im Mondlicht, während er über die Insel blickt. Er wartet darauf, dass seine Braut aus dem Schloss tritt, das auf den Felsen steht, halb im Nebel verborgen. Die dunklen Schlossfenster schimmern im hellen Nachthimmel.

»Fahrt noch einmal herum!«, fordert er seine Delphine

mit donnernder Stimme auf. Bei seinen Worten bebt das Wasser und kräuselt sich in immer größer werdenden Ringen um den Wagen. Die Delphine ziehen erneut einen Kreis um die Insel.

Und dann ist sie da. Sie lächelt, als sie auf das Ufer zuschreitet. Ihre Augen suchen die seinen, ihre Blicke sind so eindringlich, dass der Raum zwischen ihnen fast sichtbar wird – wie eine Brücke zwischen ihren beiden Welten.

Ein kleiner Starenschwarm nähert sich dem Wasser zusammen mit ihr. Die Vögel kreisen über ihrem Haupt wie eine gefiederte Krone. Sie legt den Kopf zurück, lächelt ihnen zu und hält die Hand empor. Auf der Stelle durchbricht einer der Stare den Kreis und fliegt auf ihre geöffnete Hand zu. Dort bleibt er fast bewegungslos in der Luft stehen und lässt etwas aus seinen Krallen in ihre Handfläche fallen. Einen Brillantring. Die Frau schließt die Hand, der Star kehrt in den Kreis der anderen Vögel zurück, und sie fliegen davon in die Nacht, wie eine riesige Schlange, die sich über den Himmel windet.

»Ich überreiche dir diesen Brillantring als Zeichen meiner Liebe, die so groß ist wie die Erde selbst, so unverrückbar wie der Boden, auf dem ich stehe.« Die Frau wirft ihr glänzendes schwarzes Haar zurück und streckt die Hand

zu dem Wagen hin, um Neptun den Ring an den Finger zu stecken.
Der schwenkt kurz den Dreizack, und einer der Delphine schwimmt herbei. Als er sich vor Neptun verbeugt, wird ein Perlenring sichtbar, den er sicher auf der Stirn balanciert. Neptun nimmt den Ring in Empfang. Er hält ihn auf der ausgestreckten Handfläche vor sich hin und sagt mit leiser Stimme: »Und mit dieser Perle lege ich dir das Meer zu Füßen, meine Welt, so grenzenlos und ewig wie meine Liebe zu dir.« Er streift ihr den Ring über den Finger. »Dies ist ein einzigartiger, magischer Augenblick. Der Vollmond um Mitternacht fällt zusammen mit der Frühlings-Tagundnachtgleiche. Erst in fünfhundert Jahren wird so etwas wieder eintreten. Der Augenblick ist fast so selten, wie es unsere Liebe ist.«
Sie lächelt zu ihm auf. Ihr weißes Kleid ist um den Saum, da sie bei seinem Wagen im Wasser steht, nass geworden.
Neptun reckt seinen Dreizack in die Höhe und fährt fort: »Diese Ringe dürfen immer nur von zwei Wesen getragen werden, die sich lieben – zwei unterschiedlichen Wesen, das eine aus dem Meer, das andere vom Land –, oder von einem Kind, das von einem solchen Paar hervorgebracht wurde. Solange sie auf diese Weise getragen werden, kann niemand sie ihnen wegnehmen.«
»Kann sie nicht mal berühren«, sagt die Frau und lächelt.

Neptun lacht. »Niemand kann sie auch nur berühren«, sagt er bestätigend. Dann hält er die Hand mit dem Ring hoch, die Handfläche der Frau zugewandt. Sie legt ihre an seine, so dass ihre Arme einen Bogen bilden und die Ringe sich berühren, als ihre Hände sich umklammern. Hunderte von Sternen am Himmel knistern und funkeln in allen Farben wie bei einem Feuerwerk. »Wenn die Ringe sich auf diese Weise berühren«, fährt Neptun fort, »dann heben sie jeden Erlass, entstanden aus Hass oder im Zorn, wieder auf. Nur die Liebe soll walten.«

»Nur die Liebe«, wiederholt sie.

Dann breitet Neptun die Arme aus. »In diesem Moment sind Nacht und Tag ebenbürtig, und ab jetzt sind es Erde und Meer ebenfalls. Solange wir diese Ringe tragen, die Symbole unserer Ehe, werden immer Frieden und Harmonie herrschen zwischen den beiden Welten.«

Ein letztes Mal schwenkt er den Dreizack, dann reicht Neptun der Frau die Hand, um ihr in den Wagen zu helfen. Hand in Hand sitzen sie dicht beieinander. Ihr langes Kleid hängt über den Rand der einen Wagenseite, sein juwelenbesetzter Fischschwanz liegt über der anderen Seite.

Die Delphine heben die Zügel, und lautlos gleitet der Wagen mit seinen königlichen Besitzern davon, auf dass sie ihr Eheleben gemeinsam beginnen.

1

»Emily! Ich sag es nicht noch mal.« Ich öffnete ein Auge und sah, wie Mum den Vorhang vor dem Bullauge in meiner Kabine zurückzog. Draußen hing der ovale Mond tief im schwarzblauen Himmel. Letztes Viertel, schoss es mir automatisch durch den Kopf. Wir hatten in der Schule die Mondphasen durchgenommen. »Es ist doch noch ganz dunkel«, jammerte ich, zog die Decke übers Gesicht und kuschelte mich wieder in mein Kissen.

»Es ist halb acht«, erwiderte Mum und hockte sich auf meine Bettkante. Sie schlug die Decke zurück und küsste mich auf die Stirn. »Nun mal los, meine Zuckerschnute«, sagte sie. »Du kommst sonst zu spät zur Schule.« Als sie sich erhob, murmelte sie noch: »Viel versäumen würdest du da zwar nicht. Sie haben euch dort bisher nicht gerade viel Brauchbares beigebracht.«

Sie war aus dem Zimmer, ehe ich antworten konnte.

Ich blieb liegen, starrte an die Decke und stieß einen tiefen Seufzer aus. Mum schien in letzter Zeit ziemlich niedergeschlagen. Es war das dritte Mal in dieser Woche, dass sie wegen irgendwas unzufrieden war. Ich persönlich fand überhaupt nicht, dass es was zu beklagen gab. Wir

lebten auf einer wunderschönen geheimen Insel: Mum, Dad und ich, vereint auf einem schnittigen alten Holzschiff, das halbversunken im goldenen Sand und im glitzernden Wasser lag, das die gesamte Insel umgab. Meerleute und Menschen in friedlichem Miteinander.
Mir ist klar, dass Letzteres nicht unbedingt zu jedermanns Idealvorstellung vom Leben gehört, aber wenn die Mutter ein menschliches Wesen, der Vater ein Meermann und man selbst halb und halb ist, dann ist das doch nicht unpraktisch.

Ich zog meinen Badeanzug an und setzte mich zu Mum an den Frühstückstisch. Der stand wie alles auf unserem Boot schief, deshalb musste ich meine Cornflakes-Schüssel beim Essen festhalten.
Dad kam an die Falltür geschwommen, die sich neben meinem Platz im Boden befand, und zog sich hoch, um mir einen Kuss auf die Wange zu geben. »Guten Morgen, mein kleiner Seestern«, sagte er lächelnd. »Bist du bereit, dass ich dich in Meereskunde abfrage?«
»Leg los!«, sagte ich.
Dad kratzte sich den Kopf. »Wie groß kann eine Japanische Riesenkrabbe werden?«
»Drei Meter Durchmesser«, sagte ich, ohne zu zögern.

»Sehr gut. Hm. Welche Farbe hat ein gestreifter Schmetterlingsfisch?«
»Schwarz und Silber. Zu einfach!«
»Einfach sinnlos, sollte man wohl eher sagen«, murmelte Mum vor sich hin. Was hatte sie bloß?
Dad sah sie stirnrunzelnd an. »Nicht schon wieder!«, sagte er seufzend. »Was ist nur los mit dir? Willst du nicht, dass deine Tochter gut in der Schule ist?«
»Es tut mir leid«, erwiderte sie und griff nach Dads Hand. »Es ist nur …«
»Was? Was ist es? Sie lernt eine Menge, sie hat Spaß daran, und sie bekommt gute Noten. Ich könnte nicht stolzer auf sie sein.« Dad zwinkerte mir zu, während er das sagte. Ich lächelte zurück.
Dad und ich hatten uns nicht so gut verstanden, als wir auf der Rundum-Insel eingetroffen waren. Also, auch nicht direkt schlecht; es war einfach nicht leicht gewesen. Ich hatte den größten Teil meines Lebens ohne ihn verbracht, und wir wussten nicht so recht, worüber wir uns unterhalten oder wo wir überhaupt anfangen sollten.
Bis vor kurzem hatte ich gar nichts von seiner Existenz gewusst. Erst vor ein paar Monaten hatte ich herausgefunden, wer ich selbst war – dass ich ein Meermädchen wurde, wenn ich ins Wasser eintauchte. Am Anfang jagte es mir immer einen Schrecken ein. Als es das erste Mal passierte, wusste ich überhaupt nicht, was los war. Das

war ausgerechnet im Schwimmunterricht in der Schule gewesen. Dann gewöhnte ich mich allerdings daran, und nachts schlich ich mich davon, um im Meer zu schwimmen. Auf diese Weise habe ich meine beste Freundin Shona kennengelernt. Sie ist auch ein Meermädchen. Ein richtiges Vollzeitmeermädchen. Sie hat mir dabei geholfen, meinen Dad zu finden. Das war der schönste Tag meines Lebens, als ich mich in Neptuns Gefängnis stahl und Dad zum ersten Mal begegnete.

Ich nehme an, ich musste mich erst mal an alles gewöhnen. Aber die letzten paar Wochen waren genial gewesen, nachdem die ganze leidige Geschichte mit dem Kraken überstanden war. Der Krake, das ist das schrecklichste, angsteinflößendste Meerungeheuer der Welt, und ich hatte es versehentlich aufgeweckt! Seit jenem Abenteuer sind Dad und ich jeden Tag zusammen geschwommen und haben den goldenen Grund um die Rundum-Insel erforscht; sind mit den bunten Fischen, die hier überall das Wasser bevölkern, um die Wette geschwommen; haben zwischen den Korallen Fangen gespielt. Dad wurde ganz offiziell zum *besten* Vater der Welt.

»Genau das ist es ja«, sagte Mum gerade. »*Du* könntest nicht stolzer sein. Und du hast auch allen Grund, stolz zu sein. Stimmt, Emily macht große Fortschritte in …« Sie unterbrach sich, um nach dem Stapel Schulbücher zu greifen, den ich am Tag zuvor mitgebracht hatte. Ich *liebte* meine Schulbücher geradezu. Sie waren völlig anders als alle Schulbücher, die ich je zuvor gehabt hatte, das stand mal fest! Erstens waren sie alle aus dem tollsten glänzenden Material gemacht oder aus Seegras gewoben und mit Muscheln und Perlen verziert. Und zweitens behandelten sie die zischigsten Fächer! Nie hatte mir die Schule so viel Spaß gemacht.

»… in *Meer- und Nixenkunde*«, las Mum von dem obersten Buch ab. Sie zog noch ein paar Bücher aus dem Stapel. »Oder *Segeln und Sterngucken* oder *Haarflechten für das Meermädchen von heute*. Also wirklich!«

»Was, *also wirklich*?«, fragte Dad, und seine Stimme klang beleidigt und angespannt. »Warum sollte sie diese Dinge nicht lernen? Es liegt ihr im Blut. Was genau gefällt dir nicht daran, Mary?«

Jetzt wusste ich, dass wirklich etwas nicht stimmte. Kein Mensch nennt Mum *jemals* Mary, schon gar nicht Dad. Die meisten sagen Mary P. zu ihr, weil ihr zweiter Name Penelope ist. Und Dad hat sie immer Penny genannt, oder er nennt sie seinen Glückspenny, wenn sie besonders gefühlsduselig sind. Was schon seit einiger Zeit nicht mehr der Fall gewesen war, wenn ich es recht bedachte. Und während mir das so durch den Kopf ging, musste ich zugeben, dass Mum nicht ganz unrecht hatte. Also, versteht mich nicht falsch. Ich liebte die neuen Schulfächer. Aber möglicherweise fehlten mir meine alten Fächer auch manchmal, ein bisschen wenigstens. Vielleicht auch nur Englisch. Ich habe immer so gern Aufsätze geschrieben.

Sogar Diktate haben mir Spaß gemacht. Aber nur, weil ich gut darin war.

»Was schlecht daran ist«, sagte Mum, »ist Folgendes: Während *du* dich vielleicht freust, dass *deine* Tochter nichts weiter lernt, als sich vorbildlich die Haare zu kämmen und die Tageszeit von den Wolken abzulesen, wünsche *ich* mir doch, dass *meine* Tochter eine fundierte Schulbildung bekommt.«

»Meine Tochter, deine Tochter? Das klingt bei dir ja so, als wären es zwei verschiedene Personen«, sagte Dad. Ich konnte sehen, wie das Wasser unter dem Schiffsboden heftig in Wallung geriet, weil er ärgerlich mit dem Fischschwanz schlug. Es spritzte sogar auf den Küchenboden.

»Ja, das ist vielleicht auch der Fall«, sagte Mum kurz angebunden, nahm ein Geschirrtuch zur Hand und wischte den Boden auf. Dann sah sie zu mir hoch, und ihre Züge wurden freundlicher. »Nein, das ist natürlich nicht der Fall. Sie besteht überhaupt nicht aus zwei Personen. Emily kann nichts dafür.« Mum lächelte zu mir hoch und ergriff meine Hände. Ich zog sie weg und wandte im gleichen Moment das Gesicht ab, so dass ich den verletzten Blick ihrer Augen nicht sehen konnte. Das ist nämlich etwas, was ich gar nicht gut ertragen kann.

Aber es war so ungerecht. *Sie* war so ungerecht. Noch nie im Leben hatte mir die Schule so viel Spaß gemacht! Zugegeben, es war vielleicht schön, ab und zu auch Aufsätze zu schreiben, aber was war schon so schlimm daran, dass

ich keine Sprache und Logarithmen oder Brüche oder Französisch lernte? Wer behauptete denn, dass einem das was nützte? Musste ich denn wirklich wissen, wie viel John pro Woche verdient, wenn er vier Prozent Provision und drei Prozent Zinsen bekommt? Es war doch bestimmt wichtiger, über meine Umgebung Bescheid zu wissen! Wenn ich wusste, welche Fische die gefährlichsten und welche die harmlosesten waren. Wenn ich lernte, wie andere Meermädchen auszusehen und mich so zu verhalten wie *richtige* Meermädchen. Selbst wenn ich mir manchmal ein bisschen komisch vorkam, auf einem Felsen zu hocken und mein Haar zu kämmen, lernte ich doch, dazuzugehören. Waren Mum solche Dinge gar nicht wichtig? Wollte sie nicht, dass ich mich wohl fühlte?
Ich widmete mich wieder meinem Frühstück.
Mum holte Luft. »Es sind eben zwei unterschiedliche Welten«, sagte sie leise. »Und manchmal frage ich mich, ob sie vielleicht einfach *zu* verschieden sind. Ich meine, seht euch doch mal mein Leben hier an. Was mache ich den ganzen Tag? Sonnenbaden, mein Haar kämmen, vielleicht zweimal die Woche zum Synchronschwimmen gehen. Das ist kein Leben für mich, Jake. Ich möchte mehr als nur das.«
Eine Ewigkeit lang sagte keiner ein Wort. Mum und Dad starrten sich stumm an. Ich hatte gerade einen Löffel Cornflakes genommen und wagte nicht zu kauen, falls es zu laut knuspern könnte, deshalb saß ich mit dem Mund

voll Flocken und Milch da und wartete, dass einer von ihnen was sagte.
»Wir reden später darüber. Ich muss los«, sagte Dad schließlich, und ich schluckte meine Cornflakes herunter. Sie waren inzwischen so matschig, dass man sie sowieso nicht mehr kauen musste.

Dad verschwand so schnell, dass er mir nicht mal mehr einen Kuss gab. Nicht, dass mir das was ausmachte. Immerhin bin ich zwölf. In zwei Monaten werde ich dreizehn. Dass mir mein Vater einen Kuss gibt, wenn er geht, ist also wirklich nicht mehr nötig!
Aber. Es deutete doch wohl auf etwas hin. Vielleicht war ich selbst an allem schuld. Nur wegen mir mussten sie versuchen, die beiden Welten überhaupt zusammenzubringen. Wegen mir – und natürlich, weil sie sich liebten. Aber vielleicht liebten sie sich ja nicht mehr. Vielleicht hatten sie sich in den zwölf Jahren, die sie getrennt waren, so entfremdet, dass sie sich inzwischen gar nicht mehr liebten, sondern nur wegen mir zusammenbleiben mussten.
Ein ungekanntes, kaltes Gefühl kroch mir in die Glieder. Erst vor wenigen Wochen war uns ein neues Leben auf dieser Insel geschenkt worden. Ein Traum, der Wirklich-

keit wurde. Alles, was wir uns immer gewünscht hatten. Aber vielleicht war es ja gar kein Traum, der Wirklichkeit geworden war. Vielleicht verwandelte es sich ja gerade in einen Albtraum, wie das mit so vielen meiner Träume passierte. Früher wenigstens.

Vielleicht war es ja nur eine Frage der Zeit, bis Mum und Dad das Schiff verlassen würden, bis sie gar nicht mehr zusammen sein wollten. Was dann? Müsste ich mich für einen von beiden entscheiden? Würden sie mich überhaupt wollen, wo ich doch der Grund dafür war, dass ihre Ehe in die Brüche ging? Sie würden womöglich streiten, wer mich *nicht* nehmen müsste.

Je besser ich in der Nixenschule wurde, desto weniger Zeit verbrachte ich mit Mum an Land, um mit ihr Dinge zu tun, die sie gernhatte. Je mehr ich mich Dad anschloss, desto weiter entfernte ich mich von ihr. Wenn ich jetzt so daran dachte, überraschte es mich nicht, dass sie unglücklich war. Ich war so beschäftigt damit gewesen, meinen Vater kennenzulernen, dass ich kaum noch was mit Mum unternommen hatte.

Vielleicht hatte sie ja doch recht. Vielleicht waren die beiden Welten einfach zu verschieden, um zusammenzufinden. Vielleicht war es meinen Eltern einfach nicht gegönnt zusammenzuleben.

Ich schlich mich vom Boot und ließ mich ins Wasser gleiten, ohne mich zu verabschieden. Mir war zu elend, um was zu sagen, ich hatte zu viel Angst nachzudenken.

2

Während ich hinabtauchte, zerflossen meine Gedanken und fielen von mir ab, als würde ich mich häuten.
Meine Beine fühlten sich schwer wie Blei an und zogen mich einen Moment in die Tiefe, während sie steif wurden. Das beunruhigte mich jedoch nicht mehr. Ich war daran gewöhnt. Eigentlich war es sogar das schönste Gefühl der Welt, weil ich wusste, was gleich kam.
Meine Beine legten sich aneinander und verschmolzen so fest miteinander, als ob sie jemand umwickelte und mit Unmengen von Bandagen zusammenband.
Und dann formte sich mein Fischschwanz.
Ich seufzte glücklich auf. Nichts konnte mir widerfahren, solange ich ein Meermädchen war.

Erschienen bei FISCHER KJB

Die Originalausgabe erschien 2006 unter dem Titel
›Emily Windsnap and the Castle in the Mist‹ bei Orion Children's Books,
a division of the Orion Publishing Group Ltd., London

ISBN 978-3-596-85687-9

Alle Bücher von Liz Kessler

Habe ich		*Wünsche ich mir*
	›Emily Windsnap – Das Geheimnis‹ (Band 1)	
	›Emily Windsnap – Das Abenteuer‹ (Band 2)	
	›Emily Windsnap – Die Entdeckung‹ (Band 3)	
	›Emily Windsnap – Die Rückkehr‹ (Band 4) erscheint im Herbst 2018	
	›Emily Windsnap – Die Reise‹ (Band 5) erscheint im Herbst 2018	
	›Emily Windsnap – Die Bestimmung‹ (Band 6)	
	›Philippa und die Wunschfee‹ (Band 1)	
	›Philippa und die Traumfee‹ (Band 2)	
	›Philippa und die Glücksfee‹ (Band 3)	
	›Ein Jahr ohne Juli‹	
	›Nördlich von Nirgendwo‹	
	›Plötzlich unsichtbar‹	

Deine Wunschliste bitte hier ausschneiden.